U0674611

清离草

上卷 望春之殇

田相鹏 —— 著

中国华侨出版社

· 北京 ·

图书在版编目（CIP）数据

清离草.上卷，望春之殇/田相鹏著.——北京：
中国华侨出版社，2021.5

ISBN 978-7-5113-8087-6

Ⅰ.①清… Ⅱ.①田… Ⅲ.①侠义小说—中国—当代
Ⅳ.①I247.5

中国版本图书馆CIP数据核字(2021)第057867号

● **清离草**.上卷，望春之殇

著　　者 / 田相鹏

责任编辑 / 黄威

封面设计 / 李洪双

经　　销 / 新华书店

开　　本 / 880毫米×1230毫米　1/32　印张 /8.25　字数 /172千字

印　　刷 / 河北文盛印刷有限公司

版　　次 / 2021年5月第1版　2021年5月第1次印刷

书　　号 / ISBN 978-7-5113-8087-6

定　　价 / 36.00元

中国华侨出版社　北京市朝阳区西坝河东里77号楼底商5号　邮编：100028

法律顾问：陈鹰律师事务所

发 行 部：（010）64443051　传　真：（010）64439708

网　　址：www.oveaschin.com　E-mail：oveaschin@sina.com

如发现印装质量问题，影响阅读，请与印刷厂联系调换。

一切有為法
如夢幻泡影
如露亦如電
應作如是觀

法門佛子

法门宽严题字

自　序

Y问我，你会写序吗？

当下我就懵了，的确，我不会，但没有序的文章是残缺的，就像我的大学一样，如果没有了《清离草》，同样不完整。

多少个深夜，每每奋笔疾书、焦头烂额的时候，Y总是揉着惺忪的眼睛拍拍我，却什么也不说，之后再次倒在了床上。望着摇曳的烛光，望着Y，我只想哭，只想着放弃。但是何尝又能放弃？为了《清离草》，已经放弃了太多，曾有人说，你这个人终究一事无成。为此，我怨了很多年，怨天、怨地、怨人，长久地陷入恐慌之中。一晃多年，时间似乎将这怨气擦拭了一大半，我学会了忍耐，学会了包容，但那句话深深刺痛了我的心，刻骨铭心地。

于是，我对自己说，《清离草》一定要继续，为了自己，也为了始终给我鼓励的朋友，更为了那延续了八年的伤痛。

Y说，整个故事都想好了吗？我无言以对，《清离草》在动笔之前，没有构思，没有提纲，甚至人物是正是邪亦在笔下摇摆，我唯一能够肯定的是，《清离草》的情节发展，有着我生活的烙印，反映着我生活的轨迹。正因为如此，每当文思枯竭的时候，便会搁下笔，游弋在校园的各个角落，那些个人们，他们的吵、他们的闹、他们的温存，总会带给我灵感，灌之我力量。

Y 有很多不解：《清离草》的情节就像你的人一样诡异，明明几天都憋不出一个字，突然一下，蹦出几万字，肯定是受了什么刺激。我看着 Y 一脸惆怅的样子，笑而不语。

其实，《清离草》就是这样磕磕绊绊出世的。夜里，我梦到死亡，于是构思了小说的结尾，和朋友围坐在草坪中扯，于是有了篝火旁姐妹二人决心帮助易肖的一番谈话。我想，情节的发展就应当如此，漫无边际才是最好的思绪。被情节束缚的人，很痛苦地创作着；被格式约束的人，很挣扎地继续着。我不想痛苦，不愿挣扎，所以选择了自由。

有关《清离草》，Y 最后一次对我说，我总算明白了你那句话的意思。我询问是哪句。他又一次拍拍我肩，说，人总是这样，在清醒的时候创作，在创作的时候装糊涂，因为你从不清醒，所以难得糊涂。面对着 Y，突然间不知道该说些什么。

创作《清离草》几乎没有任何动机，只是不想年轻的时候留下遗憾罢了，如果非要说出个所以然来，那也许是，我想我不会是终究一事无成的人！

2009 年 3 月 30 日
吉首大学风雨湖畔

被逼写的序

　　2020年元旦，这厮竟然把一稿甩在了我面前，我诧异。诧异的不是他竟然能写小说，诧异的是这一写就是十年。

　　带着疑问，我看完了《清离草》，依旧熟悉的行文格式和措辞风格，着实对得起汉语言文学这个专业。

　　"正统武侠"现今已经很边缘化了，我其实挺佩服这厮，在武侠的创作路上努力让自己不跑偏，我曾经问过他，仙侠、修真、穿越大热，写这些不好吗？他只给我说了三个字，"不喜欢"，这一不喜欢就不喜欢了十年。

　　于是我放缓速度再看一遍《清离草》，有了很多惊喜的发现，比如人名的选择，比如武学的命名，有很多连起来都是绝妙的诗句，又比如"前尘往事"这个篇章的设置。多的我不便言说，说太多这厮会骂我剧透，只是这个"前尘往事"，给我留下了很深的印象，简单来说，就是你可以按照顺序读完，也可以先不看前尘往事，最后把所有的前尘往事连在一起看，一定会有不一样的感觉。

　　总之，我知道这厮创作《清离草》肯定是做足了功课，将毕业后的阅历或者说情感都融入其中，要不然从第七章以后怎会如此撩人？

Y

2020 年正月十五

序

　　看了 2009 年的序，我真的不知道该说什么，10 年时间一晃而过，心境也不能同日而语，更没有料到 10 年后的自己会嘲笑 10 年前的自己，文笔是那么青涩幼稚。但是依然如我从前所言，没有序的文章是残缺的，而过期的序也是不完整的，所以这寥寥数字，就作为《清离草》的正序吧。

　　倘若一定要给这个序赋上意义，我想了想，就当是送给我现在身边拥有的一切的礼物吧。

　　　　　　　　　　　　　　　　　　　　田相鹏

　　　　　　　　　　　　　　　　　　2020 年 4 月 5 日

目 录

望春阁·览尽天下

望春阁：

望春一代掌派：无人知晓姓名，因主张以毒攻毒逆法行医引门人诸多不满，导致内乱，一代是望春最为黑暗的时代。

望春二代掌派：望春二代掌派玄叶，在望春分立春秋堂及冬夏馆，穷其一生打造悬冰，普救苍生。

望春三代掌派：望春三代掌派无名。为完成二代遗愿，遇袭于天山之巅。

望春四代掌派：清离、幽离、糜离、苋离之师，在寻天下奇药"晚五"之时，丧命荡古坡。

望春五代掌派：清离，同时提领春秋堂，莞尔、蓼茗二人乃其得意门生。

莞尔：清离弟子，生性聪慧，机敏过人，武学造诣至二层寒冰凝露针。

蓼茗：清离弟子，春秋堂大师姐，谨慎内敛，武学造诣至三层踏雪无痕针。

易散堂：

易云天：洛阳赫赫有名的医馆"易散堂"创始人，一招行云流水平步天下。

易肖：易云天之子，总角之年在父母传功下，武学大成。

易三郎：人唤"三叔"，易散堂创始人之一，凭借一己之力力保易散堂不倒。

散异声：人唤"主簿"，百年不遇炼药奇才，易散堂创始人之一，也是易肖最为敬重之人。

惊鸿一瞥清离去

冬夏馆中会糜离

血杜鹃掠过，嘶鸣如同泣血；雪杜鹃飘落，划过宛若不舍。当杜鹃鸟飞过和杜鹃花落同时出现时，那一定是有人离开了这个世界……

挽秋风，多少亭台，烟中尽逝去。

沐春露，几许楼阁，凄迷烟雨中。

看着望春阁春秋堂的牌匾，莞尔眼眶湿润了，曾几何时，先师宽大的臂膀还搂着莞尔，向她诉说着望春阁数不尽道不完的历史。然而，馆堂前那束诡异的鸿光，竟悄然夺去先师性命，没有一点征兆，不留一丝眷恋。一切来得太快，快到莞尔还不曾从先师手中接过象征成年的幼年清离草，那隆重的受戒仪式，也随着先师的离去随风消散了。

望春阁，江南第一大帮派，因救死扶伤、悬壶济世闻名天下，武林中亦有"望春到，祸患消"的说法，然而，想成为望春阁弟子，并非易事，江南之地，水泽富饶，丰水可以肥田，止水则会殃民，而止水中的止水便是这风雨泽，传闻风雨泽内五谷不生，昼夜不明，痢气异兽充斥其中，望春阁便在这风雨泽的西北面，由一片清离草隔开，这清离草为何可以避除邪物，恐怕连望春阁先师的先师也说不清道不明。加上望春阁素有收女不收男的门规，这一切使得想拜入望春阁的江湖人士望而生畏。

莞尔，从小生活在望春阁，随先师于春秋堂习武学医。春秋堂是望春阁的派系之一，主张望闻问切，针灸推拿，究其经络，顺其理气，乃传统的医道。与之对应的是冬夏馆，也是望春阁主要派系之一，却主张以毒攻毒，麻沸经脉，弃聪废明，扼之于内的逆法行医，虽则有效，未免残忍。看到莞尔心地善良，天资聪慧，先师便将其留在了春秋堂，并决定在她成人之际，授之以堂主之位，怎料得横祸飞来，心中之事未成，却与爱徒阴阳两隔了。

此时堂前的莞尔早已泣不成声，不忍看见莞尔如此的悲伤，大师姐蓼茗慌忙扶着莞尔走出了大堂。

"师姐……"

莞尔哽咽道。

"师父清离心经护体，倘是少林易筋经，方才能与之平手，天下间哪里还有强于易筋经的内功心法？那道鸿光究竟……"

"师妹。"

莞尔话音未落，蓼茗便道。

"师父尸骨未寒，报仇之事暂且放下，那道鸿光不要说你，就连时常被派出风雨泽去各地行医的姐妹们都未曾见过，当日，鸿光过处，速度之快，是我等难以想象的，师父倒下的一瞬，杀手随即消失，此人绝非等闲之辈。如今大事，乃是安葬先师，暂定掌派，一切妥当后，再议报仇大事不晚。"

"可是……"

莞尔还想争辩。

"行了，快走吧，糜离师太及众位师姐妹在冬夏馆等候多时了。"

蓼茗匆忙道。

听到糜离二字，莞尔眉目抽动，身体哆嗦了一下，不免有些震惊。这位素未谋面的冬夏馆馆主，据说性格怪癖，嗜血成性，终日坐于悬冰之上，沐于寒毒之中，内气深不可测，没有人见过她使用毒经，甚至已故的先师，生平也只见过她三面。传闻縻离师太右手小拇指指甲有三寸之长，刺入颈部，医治与杀害仅在转动幅度的大小。这次，竟然连师太都惊动了，莞尔咽了下口水，怯生生地跟在师姐身后，快步向冬夏馆走去。

冬夏馆大堂

肆壁雕刻丹顶红，伍梁悬挂紫砒霜，陆柱布满忘春草，柒顶琉璃冰雪蚕。

这便是冬夏馆的布局，而四五六七，又分别代表了历代为了望春阁献出生命的四代掌门人，五本秘籍守护者，六门遁甲神兽守护使和七星清离草的看护使。如此，堂内的一切都显得神圣，肃穆，冷峻。

跟着师姐，莞尔穿过了大堂，在众人之中停下了脚步。

大堂上，一人持剑站在正中，那便是师太縻离。

"这么说来，望春阁弟子都到齐了？"

带着冷峻的表情环顾四周，縻离师太开口道。

"哼，真是一代不如一代，清离这老东西果然还是那么的没用！"

清离者，就是莞尔死去的先师，在望春阁中，敢直呼掌派姓名的，恐怕也只有縻离了。

堂下春秋堂的弟子，听闻其语，脸色阵红阵白，却畏惧縻离万分，哪敢言语？霎时间，堂内竟死寂一般，着实骇人。就在这死寂欲将众人窒息之时，人群中传出一个声音。

"师太，我想现在不是训斥徒弟的时候。"

　　说话的正是蓼茗。此语不出即罢，一语惊人，冬夏馆的同门纷纷投来惊恐的目光。

　　"哦？"

　　师太眼皮也不抬。

　　"你是清离的徒弟吧，赤色清离草，想必是她们的大师姐。"

　　原来，望春阁内，同门姐妹是按照入门时间的早晚而排名的，依辈分，最先入门的袖袍之上印赤色清离草，之后便以赤橙黄绿蓝靛紫的顺序印下去。此时，透过人群的夹缝，莞尔也悄悄打量起师太来，却惊异地发现师太的袖袍上竟然是黑色的清离草！这个标志和她本人一样神秘。

　　正当莞尔诧异万分时，师太又开口了。

　　"大师姐，呵呵。"

　　糜离怪笑道。

　　"不过也是个没用的东西！我听闻老东西清离生前打算把春秋堂堂主之位传给莞尔，这么说来，难道你不算个废物吗？"

　　师太兀自地笑了起来，根本没有觉察到人群中的莞尔和蓼茗此刻是多么的尴尬。

　　听师太这么一说，蓼茗回头瞥了一眼莞尔，默不作声地退下了。

　　"那么，谁是莞尔，出来见我！"师太厉声道。

　　此时的莞尔毫无心理准备，被如此唐突地点名，哆哆嗦嗦地从人群中挤了出来。

　　"你就是莞尔？"师太问道。

　　莞尔顿时不会了言语，支支吾吾答不上话来。

"清离想必是疯了，"师太自言自语道，"竟然打算把堂主之位给你这么一个乳臭未干的丫头！也罢，我来问你。"

师太眯上了双眼。

"普天之下，何为惊魂？"

其实，这个问题是春秋堂医经中最基本的问题，哪里难得住天资聪慧的莞尔。

"惊魂者，脉乱也。"莞尔出口便答。

"何为脉乱？"师太不依不饶。

"脉乱者，气之不顺也。"莞尔又一次顺利地回答了出来。

"气之不顺，针刺少则可解，然少则已废，何解？"师太继续发问。

"……"

莞尔一时间语塞，没了主意。心知肚明这是师太有意刁难，却又无可奈何。

"哼！"师太的一声，吓得众人纷纷退开几尺有余。"你也不过如此，悲哀啊！清离，你的门生永远那么没用。"话毕，转身甩甩衣袖，意味深长地道，"都退下吧。"

众人和师太的见面以这样一种方式结束了，怨恨恼怒的气氛在人群中聚集，又随着散去的步伐膨胀开来，这种气氛压得莞尔睁不开眼，喘不上气，急忙夺门而去，企图以最快的速度摆脱这种压抑，她拼命地往春秋堂跑去，只是，这飞也似的疲于奔命，却没了师姐蓼茗的陪伴。

悬冰密室师徒许

匆匆离去几多愁

丑时，冬夏馆大堂。

"没想到，你竟然来了！"说话的人正是师太糜离。

"师……师太。"莞尔依然拘谨胆怯。

"唉，清离啊，这是怎样一个徒弟呢？真是羡煞我也。"师太不知为何感叹起来。

原来，今日莞尔和师太的对话乃是话中有话，其中含意，没有莞尔这样聪颖的头脑，根本不会领悟出来。惊魂，表义是一种常见疾病，实际上本意乃为寒冬，而脉乱的本意也不是疾病，实则是一种名为夏草的多年生草本植物，寒冬、夏草很自然地会联想到冬夏馆，而少则在春秋堂医经中篇目所属为子篇，师太说少则已破，何解？便是在暗指子篇已经习完，可以看丑篇了，此时言于子丑，用意必在时间。于是，凭此，莞尔才在丑时来到了冬夏馆。

"随我来。"师太道。

莞尔小心翼翼地跟上师太的脚步，生怕稍有落后，便迷失在这无尽的黑暗中，毕竟，晚上的冬夏馆，布满毒草的大堂还是阴森可怕的。

也不知是这冬夏馆太过压抑，还是馆内真的布满阶梯，正当莞尔快要累倒的时候，师太道："穿过此门，便是冬夏馆禁地悬冰密室，也正是历代冬夏馆馆主修炼的地方，你既是望春阁门人，又与我有缘，不妨入密室，带你看一件东西。"

不待莞尔发问，师太的身影早已湮没在幽深的黑暮里，莞尔心想，事以至此，不妨看个究竟。于是纵身一跃，穿过了密室大门。

多年后，怎会想到，当莞尔泪流满面地跪在先师的墓旁，竟是那般悔恨当初这毫无顾忌的纵身一跳。

双脚平稳落地的时候，莞尔才有稍许时间打量被称为禁地的密室，不看则已，一看才发觉此番布置，却又那样的温暖熟悉，"这，这明明就是春秋堂大堂的样子。"莞尔心里暗暗惊讶到。只是在堂正中，多了一块悬冰而已。思忖间，师太转动机关，霎时，灯火通明，四壁的烛光竟然自行点亮了起来，摇摇曳曳的烛光，把莞尔带回了对先师的无尽思念之中。

"来。"

愣着的莞尔被师太的召唤声惊醒，随着师太的脚步，二人缓缓走上了悬冰。

约摸十层台阶的样子，莞尔的目光留在了悬冰的壁上，整整齐齐的两行字：

生年悬壶，足日济世。

朝九妙手，晚五回春。

而此时的师太，依旧一言不发地向上走着，似乎这悬冰的台阶永无止尽、莞尔不敢多做停留，几个箭步，便追上了师太。

终于来到了悬冰之顶，师太停住了脚步，转身道："你应该会想见见这个人的。"说着，伸手指向了悬冰顶的中央，而围绕着悬冰的蜡烛也明亮了起来。

莞尔移步过去，怎料这一眼却引来了无数的悲伤，哪里是一个什么人，分明就是先师的遗体，在悬冰的寒气包围中，静静地躺在那里。

泪已决堤，莞尔扑倒了下去，顾不得身后的师太，失声痛哭了出来。

那场面，竟连縻离这样冷酷的人也为之动容。

后有诗云：

花落伤心，雁过伤情，怎奈恩师空留影。

柳动絮柔，空阶阁楼，那堪离愁上心头。

此番，再见恩师，岂料会是如此场景，莞尔的身体越发颤抖得厉害，再加之悬冰的寒气，眼看着就要晕厥过去。见此情景，师太慌忙取出银针三枚，以腕力分刺银针于莞尔的九天、汇骨、顺水三脉。顿时，三股暖流袭身，身体的抖动也逐渐平息。师太在旁以内气相注，没过多久，莞尔恢复了平静。

"如是心态，何能完成你师父的遗愿？"师太不紧不慢地说。

发觉确有失礼之处，莞尔勉强撑起身子，又对师太毕恭毕敬起来。

半柱香燃尽，师太忖度着莞尔大概恢复了气力，于是缓缓道来："其实清离她并没有死，只是内气倾泻导致昏死过去，至少在我看来是这样。"

"什么？师太，你说什么？"莞尔几乎不敢相信自己的耳朵。

"我的话只说一遍！"师太又恢复了以往的冷酷，"想必你也看到了吧，刚才上来的时候，壁上的诗句，那是二代掌派亲自刻上去的诗，而这块悬冰，甚至比那首诗还要历史悠久。第二代掌派玄叶在长白之巅收集到了长白之灵，穷尽一生打造了这块悬冰，用以普渡众生，据说只要备齐朝九和晚五两味稀世罕有的草药，加上《清离心经》的辅助，将昏死之人放在悬冰之上，也会不日痊愈。所以才言朝九妙手，晚五回春。但是，朝九晚五如何能轻易取得？二代掌派在临终之前复刻下此诗，希望后辈们能够完成这遗愿。然而三代掌派为了寻找它们，气绝于天山，四代掌派更是凄惨，竟在寻找它们踪影之时，命丧于荡古坡。至今，四代的尸骨仍未找到。等到清离接任第五代掌派，遗愿未成，却先去了地府，真是讽刺！"

前尘往事·三代之死

天山之巅，皓月之下。

三代隐于云杉之中，凝神屏息，目光注视着不远处悬崖边凌寒怒放的雪莲。这雪莲散发着清香，月光映衬下，宛如一只只白色的玉兔，为这一片冰天雪地带来些许生机。

"明日就是朔月了，今夜是最后的机会！"三代抬头看了看一弯明月，目光再次投射到雪莲之上，"玄叶师姐，你曾言朝九狡猾，擅于隐匿，眼前这片雪莲便是汲取天地精华而又不易暴露的绝佳地点。望你在天之灵，佑我望春，助我顺利寻得朝九！"

月牙溜到了身影正上方，周遭安静了许多，这天山之巅此刻竟不见一丝微风。突然，这片雪莲的尽头，一株雪莲晃动了下，紧接着另一株也晃动了下，这细小的晃动不易觉察，却没逃过三代的双眼，远远观去，一株接一株的晃动连成了一道波纹，向这边涌来。

"就是现在！"

双脚内气灌注，三代的身影便已掠在当空，身姿的移动竟这般轻巧，丝毫没有惊动这道波纹。

寒沁手瞬间催发，掌气划过，波纹周围的雪莲被荡开数丈，藏于其下之物似乎受到了不小的惊吓，停在原地不动了。

破碎的雪莲瓣缓缓落地，一个鼓起的土包出现在三代面前。

"竟然在地下？究竟为何物？"三代暗自惊叹。

思绪尚未结束，这鼓起的土包调转方向朝着崖边遁去。

"不好！越过崖边便难觅其踪了。"三代一边追逐，一边凝气拈针。

银针击发，落于土包轨迹之前，封住其去路的同时激起碎石无数，这土下之物忽而扭转了方向，避开了银针。

"区区一味草药，竟有如此灵性，"三代暗想，"天下之大，无奇不有。为了不破坏朝九本身故而只用银针封路，但在土下还能有如此灵活的姿态着实令人惊叹。"

银针再次击发，依旧被土下之物轻描淡写地避过，眼见就要来到悬崖边上，三代高高跃起，右手拂过眉宇，停留在头顶上方，鸿光逐渐显现，几近耀目之时，起式吟唱完毕。

"探月针！"伴着三代喊声，数枚银针瀑布般拖着鸿光朝目标挥洒而去，鸿光映衬着弯月，若不是在战斗，这场面出现在天山寒冻之巅，还以为见到了闪烁的星河。

就在距离悬崖不到一尺的地方，银针在目标周围落地，牢笼般将其围住，针体深深地插入地下，而所带的内气从针尾溢出，远远望去似乎这银针变长了很多。

"好险，"三代瞬间来到被围起的土包旁边，喘气思忖，"竟然逼我使出探月针，这探月的针法，耗费大量内气，短时间恐怕无法再聚气，不过终于让我抓住你了！"

三代缓缓伸手，接近鼓起的土包，心中暗喜，这朝九究竟哪般模样，马上就要知晓了。

就在指尖碰触土包的一刹那，土中之物突然冲破泥土，跃了出来，一使劲，向着悬崖窜了出去。

"糟了！"三代未曾料到这朝九会做困兽之斗，向着崖底逃去，来不及细想，他也一个俯身朝着悬崖边上鱼跃了出去。

片刻，崖边不见了三代和朝九的影子。

一阵微风吹过，这成片的雪莲摇晃了一阵，又恢复了往日的安静，天山之巅不再有任何响动。

……

"竟然是此物！"悬崖侧壁，三代单臂扣住岩石，凌空悬于万丈深渊之上，而另一只手紧紧地捏住了朝九。

时间分秒流逝，三代体力渐渐不支，扣着岩石的手越发的无力。

就在此时，六个黑影悄然出现在崖壁之上。

"是你们？"三代大喜，"朝九已寻得，快拉我上去！"

言罢，黑影并没有任何动作，面衫之下露出的双眼直勾勾地盯着侧壁之人。其中一人微微抬手，指向了朝九。

瞬间，三代明白了，他们并不是来救自己。

"这么说来，你们是来取朝九的。"

"给我朝九，换你性命，"黑影丝毫不隐晦，只是这声音却是从胸腔发出，令人不悦，"望春掌派，内气非凡，若不是探月针用来对付朝九，我等恐怕没有这么容易得手。"

"天山之巅，静谧异常，除了那八个人，也只有你们可以将气息隐藏得如此之好，我竟没有发觉。"三代道。

"天山至望春，遥遥万里，那八个人恐怕也救不了你了。"言毕，黑影伸出了手，"给我朝九，留你一条生路。"

"也罢，内气不足，无法脱身，当下更不是你们敌手，这朝九拿去吧，只是莫要负了玄叶掌派的努力。"片刻考虑后，三代将朝九缓缓递至崖边。

黑影伸手相迎，触碰朝九的瞬间，三代微微一笑，突然松开了手，这朝九一下没了束缚，似乎抓住了一线生机，猛地一跃，不偏不倚就撞在了黑衣的指尖，而后跌下了悬崖。

"三……代……"黑影恶狠狠发声，"你是想死吗？"

说着，就要动手。

谁知刚刚还抓着朝九的手这会竟搭满银针，不待黑影先动，三代的针就飞了出去。

距离实在太近，近到无法从容闪避，黑影遁身，却被数根银针划破了腰际，黑影毕竟是黑影，一番躲闪只有腰间的锦篓悉数被挑下，但人却毫发无伤地退在了一旁。

看着被银针挑落又钉在崖壁上的锦篓，黑影愤怒了，六人再次围了过来，内气汇聚，杀招显现。

谁知再次观向崖侧，三代已然松开了手，竟向着无尽的悬崖跌去，双眼望着六人，露出了笑容，口中只道："望春……"

悬崖彼岸久站两人

"师兄，方才为何不出手？"

"城枯，望春百年，虽得其人，不得其时，命该如此。"

　　"什么其人其时，我不在乎望春兴衰，我说的是朝九，明明就在眼前，师兄为何不取？"

　　"慎言，岂不闻福祸相依，非礼勿取？"

　　"好了好了，师兄总爱说教，我还是去找二哥和三哥打架吧。"

　　此时的莞尔，早已经不知所措，跟随先师这么久，竟有这么多望春阁的历史不曾知晓，后悔当初先师尚在之时，没有一同陪先师分担这份苦楚。

　　"可，可是师太。师父和几代掌派都没能完成的事情，我又怎……"

　　"没用的东西！"莞尔语音未落，就被靡离师太粗暴地打断，"就这点出息？好歹老东西清离在那么多弟子中选中了你。"

　　莞尔羞愧异常。

　　"也罢，"师太叹了口气，"涉世未深，怪不得你，但是从现在起，堂主就要有堂主的样子。"

　　"师太，我，我还不是堂主。"莞尔越说越没底气。

　　"那么从现在开始你就是了！"师太恶狠狠地瞪了莞尔一眼，"这朵幼年清离草，拿去吧。"

　　莞尔抬起头来，却发现师太手中多了一株幼年清离草，这曾经是怎样期盼的受戒仪式啊，可如今，竟在先师的遗体旁，落得如此荒凉，莞尔的眼眶又湿润了。

　　"嗯，既然如此，有些话是时候告诉新任堂主了。"师太不紧不慢地道，"一年前，也就是在我闭关之前，老家伙清离找到我，说有了朝九、晚五的线索。"

闻此，莞尔的心咯噔了一下。

"她告诉我，朝九现在天山，也就是三代掌派死去的地方，原来朝九是有灵性的草药，每月只出现在月圆之夜，三代掌派当时已经找到了朝九，只是在月缺之前未能逮住它，最后遇袭，不慎失足，掉下了山崖。"

"遇袭？"莞尔问到。

"不关你的事少问！"糜离斥责道，"至于晚五，老东西清离只说要去问问少林方丈。"说着，师太瞥了一眼莞尔。

此刻的莞尔，早已陷入了沉思中。

"如此，我该怎么办呢？"莞尔问道。

"混账！你是真不知道，还是装糊涂！当然是去找回它们了。我已经老了，再说望春阁岂能一日无主，哎，虽然知道你此去也是希望渺茫。"师太愠怒却又无可奈何地道。

莞尔看着先师的遗体，又望了望师太。心中不免踌躇。片刻的挣扎，终于对先师的感情打败了一切，莞尔站起身来。

"我去，师太！"

"呵呵，我就知道你会去的。"师太的言语竟变得温柔几分，"事不宜迟，现在就出发吧！"

"现在？"莞尔还没反应过来。

"没错，现在。悬冰只能保住清离九九八十一天的身体，如今已经七天了，你此去料得千难万险，就是给你一载，也不定能平安返回，怎么，还嫌时间尚早吗？"师太问。

这样说来，本是犹豫的莞尔也感到了时间的紧迫，匆匆说了声"徒儿知晓"便要离去。

　　"等等，"师太忙道，"这里有三个锦篓，三紧迫之时打开，或许有用。去吧，一路当心。"

　　拜别师太后，莞尔匆匆离去。在步出密室的一刻，莞尔回眸，师太的表情，苦涩又无法捉摸。

路遇蓼茗吐言语

姊妹情深同心赵

　　回到春秋堂，简单地收拾了行装，莞尔便要离去，走出大堂时，不忍地回头看了一眼熟悉的春秋堂，"生我养我的地方，如今却要离去。"莞尔顿时惆怅万千，然而想到自己的使命，一咬牙，坚决地转身，步出了春秋堂。

　　"师父，一定要等徒儿回来。"这么想着，莞尔纵身跃下了台阶。

　　身姿稍定，却发现面前站着一个人："师，师姐！你怎么在这里？"原来是蓼茗。

　　"莞尔，你要走了吗？"蓼茗低着头，轻声问到。

　　"师姐，我……"一时哽咽，莞尔不知从何说起"冬夏馆的事……"又一次的哽咽。

　　"傻丫头，那怎么能怪你呢？"蓼茗道，"师太的话也许是对的，我和师父看着你长大，你的天资还有谁会比我和师父清楚？师父生前曾找过我，询问我堂主一事，当时我埋怨师父，并不是因为没有让我做堂主，而是埋怨师父轻看了我们姐妹的感情。"

　　听罢，从开始就一直困扰莞尔的心结似乎一下子解开了，莞尔脸上又露出了久违的笑容。

　　"如此，你可以告诉我为什么这么急着要走了吧？"蓼茗问道。

　　莞尔理了理思绪，将今夜发生之事从头到尾说给了师姐听。同莞尔一样，蓼茗听后也很是震惊，甚至还带着点不可思议，然而只一瞬，蓼茗便安下神来道，"那么，你是要独上天山了？"

　　莞尔点头，并未言语。

　　看到毫无底气的师妹，蓼茗道："天山者，寒冻之巅也，天山之上，有过三次灾难，史称天山三难，初难为饥荒，玄叶掌派汇集天下英雄募粮化之；次难为瘟疫，天降异物于天山，疫病横行，三代掌派和少林方丈亲赴化之；三难便是伤寒，天山村寨伤寒肆虐，村民死伤过半，师父不忍，于是派三名春秋堂弟子赶赴天山解除伤寒，救济众生，一载有余，伤寒解除了，而三名弟子却因为天山的寒冻，相继死去两个，剩下一个拖着半条命回到了望春阁，向师父复命，堂中同门无不动容。后来，师父耗费大量内气，闭关三天，才把活下来的这个人身上的寒气逼出，之后师父大病一场，康复后仿佛老了十岁。"

"师姐，这个人该不会是……"莞尔问道。

"没错，我就是那个人。"蓼茗说着，似乎又陷入了昔日的回忆，"我的命，师父给的，如今师父有难，师妹，我与你同去。"

"可是，"莞尔担心地问道，"天山寒冻异常，我怎能连累师姐？"

"傻丫头，师父有难，知而不去为不忠不孝，姐妹有难，却行于殊途乃不仁不义。不忠不孝不仁不义，还有何面目当你的大师姐？再者，天山我也去过，一起去，会有照应的。"蓼茗辩道。

不知怎的，一番话，莞尔早已温暖于心，堂上小小的误会也随之烟消云散。莞尔只是看着师姐，模糊了眼眶。

"我们走吧。"说罢，蓼茗先行一步，潇洒的身影引得莞尔又一阵感动，急忙迈开双脚，匆匆追赶蓼茗而去。

此情此景，可谓：

吐心意，约定同门共患难。

释前嫌，从此天涯沦落人。

肆
四

风雨泽内遇悬蕙

引路蝴蝶巧脱生

却说二人离开望春阁两个时辰有余，莞尔倒是面带笑容，步履轻盈，反而蓼茗眉头随着步伐的逐渐沉重缓缓皱了起来，最终止而不行。料得师姐心中有事，莞尔道："师姐，不如在旁稍作休息。"

"也好。"蓼茗心不在焉地答道。

"自离开望春阁，始终闷闷不乐，不知何事困扰着师姐？"莞尔边说边拿出装水的药篓喝了起来。据说望春阁弟子装水的药篓由麝皮制成，冬天，水质温暖；夏天，水体清凉。其水入腹，润肺止渴，多少江湖人士为求得这麝皮水袋而不惜重金。

"师妹，你可曾听说过引路蝶？"蓼茗不知哪里冒出一句。

"从未听说。"莞尔答道。

"那可知再往前约三里是什么地方？"蓼茗又问到。

"哈哈，师姐，别取笑师妹了，一里望春百草生，二里望春少紫松，三里望春不回头，风雨泽中难觅踪。这歌谣我可是从小就知道的。"莞尔得意地说。

"那么，可解其中之意呢？"蓼茗又问。

"大概是说，离望春阁越远，草药就越少，离风雨泽就越近，一旦误入泽内，很难脱身。是这样吗，师姐？"莞尔反问道。

"对，"蓼茗忧心忡忡，"你看。"边说边指向不远处。

滑过师姐的指尖，莞尔的目光落在了一片紫松林上。

"林后便是风雨泽，"蓼茗说，"师父健在的时候，每次派我们去各地行医，都会给我们一个檀木香盒，并嘱咐我们到了风雨泽将其打开，盒内之物便会引我们顺利走出风雨泽，而盒内装的就是我刚才提到的引路蝶。"蓼茗顿了顿，继续道，"师妹，泽内疠气猛兽的厉害不是你我能对付得了的，你可曾听说误百步，穷一生的说法？"

"没有。"莞尔仿佛也渐渐认识到了困难所在。

"意思是如果没有蝶的引路，倘若走错一步，须在百步之内找到原路，否则……"蓼茗不忍继续说下去。

"莞尔，师太让你尽快出师门寻找两味草药，却没有给你引路蝶，真是太大意了，"蓼茗开始抱怨，"诺大的风雨泽，未知的危险，再绝顶的高手对于隐藏的敌人也会无可奈何，更别说我们两个春秋堂弟子了。"

听罢，莞尔只是看着师姐，而蓼茗也看着莞尔，相顾无言。就这样二人踟蹰于紫松林畔却迟迟没有进入。日上高头，当两人的影子逐渐变短时，蓼茗再也耐不住了，于是道："算了，莞尔，我们进去吧，随机应变，不能再耽误时间了。"

听师姐所言，莞尔也觉得干等也不是办法，不如碰碰运气，道："依师姐的，不过要万分小心。"

"哈哈，放心吧，有师姐在。"蓼茗玩笑道，话虽如此，银针三枚却暗暗搭在手上了。

两人慢慢走进紫松林。

随着时间的推移，脚下的影子早已淹没在密林之中，万年积累的紫松落叶，踩上去发出嗞嗞的声响，只有头顶墨绿的紫松针稍稍带来点生命的气息。莞尔一阵哆嗦，心想："这是一段怎样的路途啊。"

当稀稀疏疏的阳光又一次出现在他们面前时，莞尔意识到，紫松林就要到尽头了，不远的前方便是他们此去的必经地，风雨泽。

三根踏雪银针嗖地飞出，两棵挡道古树颓然倒下，风雨泽出现在他们面前。莞尔惊喜地看着师姐，说："师姐，你的踏雪针练成了？"蓼茗回头看着师妹只是微笑。此刻，对师姐的佩服之情已经无法用言语来表达了，犹记得几个月前，先师传授春秋堂弟子中级武学踏雪无痕针，三招银针过，九种境界留的场面引来一片赞叹，如今数月有余，其它姐妹们都修到了一层飞雪针，像莞尔这样天资聪慧的人也只领悟到二层寒冰针，而师姐蓼茗却修满了三层踏雪针，这样的功力，如此的慧根，在那一刻，莞尔对师姐刮目相看。

"师姐，"莞尔道，"倘若师父尚在，看到你修成了踏雪无痕针，她老人家一定很高兴的。"说着，眼泪就要涌出来。蓼茗急忙道："傻丫头，莫讲这些话，你不是说师父她老人家还有希望醒过来吗，来吧。"听师姐这样说，莞尔心中也有了几分踏实。二人定了定神，穿过折断的古木，打量起风雨泽来。

"天！"莞尔大叫一声，这风雨泽哪里是什么水泽，分明一片墓地。

"怎……"蓼茗也不敢相信自己的眼睛，前些年也曾路过风雨泽，当时明明一片水泽，如今却是掩埋尸骨的地方。

"师姐，这是何故？这……"话音未落，蓼茗却满眼狰狞地向莞尔扑了过来，两人身距一尺有余时，却见蓼茗大喊一声："踏雪无痕！"身影瞬间贴进莞尔，而搭着银针的双手却从莞尔的的腋下穿过。

时间静止了，两人也僵在那里，耳边只有风呼啸而过的声音。

"好险。"蓼茗终于开口了。

莞尔早已吓得面色苍白，一时还没反应过来。直到听得背后嗤嗤啦啦树枝抖动的声音时，方才明白，急忙回头，却见一道黑影瞬间缩了回去。

"师姐。"莞尔才知道蓼茗那一击救了自己，正欲言谢，师姐摆出了一个安静的姿势。蓼茗慢慢走到莞尔身边，耳语："这是悬蕙，一种有灵性的藤蔓植物，寻着声音攻击目标，不要被它缠住，否则难了。"

"悬蕙。"莞尔拼命回想着春秋堂藏书中有关它的记载，寻思间，也像师姐一样，摆出了防御的架势。

"如今之计，赶紧找出路才对。"蓼茗一边观察四周，一边不忘叮嘱师妹。就这样，二人背靠着背，缓缓挪步冒失地前进着。

突然，嗤嗤啦啦的响声又从远处黑暗中传了过来，"来了！"蓼茗镇定地说，此刻，银针早已经搭在双手了。

藤蔓躁动的声音越来越近了，蓼茗心想只守不攻实属下下策，不如变被动为主动，先一步，于是使个眼色给莞尔，莞尔会意，二人交叉跳出，左路踏雪针，右路寒冰针径自飞向了前方。针又一次上弦，两人冲了过云。终于可以看清悬蕙时，却听蓼茗大喊："糟了，快闪！"出现在眼前的悬蕙竟然是三条，说时迟那时快，蓼茗侧身箭步，银针挡于胸前，一招借力用力，勉强避开了这一击。再说莞尔，蓼茗大喊之时，已经来不及收招，寒冰针击中中间悬蕙的同时，另一根悬蕙从侧面嗖地袭来，竟然直指胸口，危机将至，然而莞尔毕竟也非等闲之辈，收不住招索性不收，利用倾斜的身体一招如履薄冰，顺势避开了致命的一击，但是，悬蕙如此之快的速度还是莞尔不曾想到的，带刺的藤蔓滑过莞尔的胸部，如锯齿一般。莞尔只觉胸口一阵剧痛，双手发麻，便一头倒了下去。见大事不妙，蓼茗慌忙起身，银针再次上弦。两根悬蕙蠢蠢欲动，在空中摆着难以捉摸的姿态，似乎在打量着接下来应该攻击哪个，霎时间，悬蕙顶端稍作弯曲，之后猛地弹了出去，目标竟然是昏迷不醒的莞尔。蓼茗迅速跃起，将指中所有银针揉作一团，嘴里念叨着什么，接着大喊一声："开！"只见银针迅速旋转，仿佛突然间有了万根针，无头苍蝇一般飞向悬蕙。只听噼里啪啦一阵声响，悬蕙径自退到了远处。几根悬蕙吃了这一击，颇有犹豫，只在远处虎视眈眈，伺机再度进攻。趁此空当，蓼茗赶忙退至莞尔身边，匆匆扶起师妹，只见莞尔三阳穴发紫，双手发青，眉目紧锁，痛苦不堪，而胸前的衣襟，早已被鲜血浸成了红色。没有多想，蓼茗针刺莞尔润白、木土两穴，先止住了胸口血流。一边防备敌人，一边还要为师妹疗伤，这样的境况，是蓼茗最不想看到的，然而事已至此，只悔当初行事太过鲁莽。"如此，只有赌一赌了。"心里虽如是盘算着，但还是小心翼翼地坐下，扶起师妹，一面留意着悬蕙的动向，一面以指力顶着莞尔的顺水一脉，灌注着内气。"当下，只能祈祷悬蕙不在此时进攻了。"蓼茗无奈地想着。

　　远处的悬蕙，似乎被二人这奇怪的姿势唬住，加之前一击的恐吓，竟然丝毫没有攻击的意思，只盘旋于远处，稀稀啦啦发着令人作呕的声响。

　　时间就这样过去了，两个人，三藤蔓。

　　终于，莞尔醒了。

　　"师姐。"莞尔轻轻叫了声。

　　看到师妹醒了过来，蓼茗也松了口气，可是如此伤痕累累的师妹，蓼茗又是悔恨异常。于是道："莞尔，你放心，师姐一定带你离开这里。"

　　莞尔挤出笑容。

　　蓼茗再次站了起来，缓缓地朝两根悬蕙走过去，而悬蕙也有了反应，立即将头部对准了蓼茗。

　　没等蓼茗先出招，悬蕙飞也似地冲了过来，而蓼茗也是左避右闪，不时地放出银针退敌，一时间响动巨大，地上落叶旋起无数，踏雪针过枯叶落，悬蕙刺手几重天。

　　一旁的莞尔为师姐担心，又为自己帮不上而焦虑，只顾叹气摇头，却又无可奈何。慌忙间，震惊地发现远处的墓地竟然消失了！

　　"师姐！"莞尔大喊道。

　　以为师妹又陷入了险境，一个鱼跃，几波银针掩护，蓼茗撤到了师妹身边。

　　"师姐，墓，墓地不见了！"莞尔结结巴巴地说。

　　蓼茗抬头，皱了皱眉："莞尔，现在不是开玩笑的时候，诺大一片墓地，你没看到吗？"

　　莞尔愣住了，眼前呈现一片水泽，怎么师姐却说一片墓地。没做太多理会，蓼茗又欲投入战斗之中，莞尔拉她不住，一个趔趄倒在了地上。再抬眼时，师姐已经和藤蔓混战在一起了。

　　莞尔扶住胸口，勉强撑起身体，努力静下心来思索这是为何。顿时，莞尔似乎看透了一切，于是顾不上伤痛，拼命朝蓼茗跑去。

此番，蓼茗早已陷入苦战，这悬蕙原来是衍生之物，才许久，已经八根有余了，眼看着师姐被击倒，将有性命之忧，莞尔鱼跃了过去，挡在师姐身前，藤条却并未停止，八根悬蕙扭为一根，以迅雷不及掩耳之势贯穿了二人的胸膛，两人一阵剧痛，眼前一黑，便没了知觉。

寒风过，枯叶落。

又不知多少个时辰，莞尔沾满灰尘的手抽动了一下，于师姐前醒了过来。低头看看自己的胸口，一种不可捉摸的笑容。没有太多迟疑，赶紧唤醒了师姐。

"我死了吗？"蓼茗醒来，看到毫发未伤的莞尔，以为自己去了天国。而莞尔却看着师姐，咧着嘴偷笑。

"师姐，我们都还活着，而且活得好好的。"莞尔越发的开心。

"这究竟，究竟怎么一回事？"蓼茗不知所以然地问。

"师姐你看那边。"莞尔卖着关子，手却指向风雨泽。

蓼茗顺势望去，一片水泽出现在眼前，简直不敢相信自己的眼睛，慌忙问到："师妹，这是怎么一回事，你快说啊！"

看师姐着急了，莞尔不忍再逗师姐开心，于是清清嗓子，道："师姐，这一切都是幻觉，我们从一开始就陷入这幻觉中，原因虽未找出，但我相信，和这风雨泽附近的疠气是有关系的。你我产生幻觉，错把水泽看成墓地，而且始终都在和不存在的悬蕙战斗，疼痛、鲜血，不过是你我脑中恐惧的反映罢了，恐惧越深，反映越强烈，而思维就越混乱，更加不可能脱离幻觉了。那时，我被重伤胸口，昏迷倒地，内心却是清醒的，当时我就料得这些一定是某些假象，却未曾想到是幻觉，醒来之后我壮着胆用银针猛刺了自己的太阳穴，剧痛，但幻觉却没那么严重了，这就是我为什么即看到了水泽又看到了悬蕙的原因。后来一切的发展都随着师姐的幻觉进行，与敌苦战，替我疗伤，所有的事都在空费着师姐的内气。目的只有一个，这片水泽，希望我们活活累死在里面，我想这才是风雨泽的可怕之处。我怎么忍心师姐空费内气，陷入自己和自己的苦战中，于是我拼命的回想解除幻觉的方法。"说到这，莞尔停了下来，看了看已经相当虚弱的师姐。

蓼茗抬起头来，也看着莞尔。

然后异口同声道："疼痛！"

莞尔笑道，"不错，是疼痛，师父曾说剧痛可以解除一切假象，我想应该也包括幻觉吧。于是我冲过去，在你想像自己死亡之前同时针刺了我们双方的太阳穴，这次，我用足了力。所以师姐才会感到一阵疼痛，好像死去。"

打量着莞尔，蓼茗简直不敢相信站在面前的是师太口中的那个乳臭未干的丫头。这种判断力，尤其在那种情况下，还能保持冷静，着实令人吃惊。"莞尔也成长了。"蓼茗想着，亲切的抚摸着莞尔的头。

这番经历，让姐妹二人明白风雨泽乃是非之地，不宜久留。坐在水泽边小憩片刻，蓼茗决定即刻上路，道："师妹，我们要赶在太阳落山之前穿过风雨泽，如果到了晚上，更没希望了走出去了。"

莞尔也觉得师姐所言有理："是要抓紧时间了。不过刚才的幻觉如果真是这水泽中的疠气所致，我看也只有那个办法了。"

蓼茗不解地看着莞尔，"哪个办法？"

"保持疼痛。"莞尔解释着。

"你是说又要针刺太阳穴？"蓼茗皱皱眉头。

莞尔看着师姐痛苦的表情，忙道："不不，那还了得？我的意思是，保持一种轻微的阵痛，用针灸的方法针刺离水穴，只要银针不出，就会一直保持一种疼痛感，这样或许会有用。"

蓼茗心里寻思："事到如今，也只好如此了。"于是耸耸肩，做了个无可奈何的姿势。

银针刺入离水，姐妹二人深入了风雨泽。

这水泽其实乃一片沼泽，几寸厚的落叶覆盖地表之上，加之常年潮湿，多半落叶腐蚀不堪，根本看不清地表的情况，每走一步，都须先用手中的树枝来探明地面虚实。一步一趔趄，两人走得甚是辛苦，而此刻，夕阳已经把二人的身影拉得好长了，洒在地面上的影子，被厚厚的腐叶衬垫得扭曲不堪，看着都令人生厌。

半个时辰过去了，蓼茗、莞尔相互搀扶着，好容易站稳了脚步，莞尔气喘吁吁地说："师姐，这个地方我们之前来过。"

蓼茗环顾四周，也发现了问题，道："何止来过，我觉得我们从来没有离开过这里。"

原来，两人只顾脚下虚实，却忽略了方向，这么久一直在同一个地方打转。

莞尔急了，略带哭腔地说："师姐，这可如何是好？"

　　"该死的水泽！"蓼茗没有回答莞尔的问题，反倒抱怨了一句。

　　姐妹两人就这样站着，没有任何主意。

　　夕阳西下，余晖散尽，一轮明月悄然出现在当空。风雨泽也配合着这样的转变，骤然降下了温度。姐妹言语间，口中呼出的已是阵阵白气。

　　莞尔哆嗦得厉害："师姐，再这样下去，不饿死也会冻死的。"说罢，蜷缩起身子准备蹲下取暖。

　　"莞尔，不能蹲下！"蓼茗突然想到了什么，急忙制止。

　　可是，哪里还来得急，只见莞尔刚刚蹲下，便一头栽倒了下去。

　　"可恶！"蓼茗咒骂了一句。

　　这风雨泽内的疠气，乃是地表所发，越接近地表，疠气越重，加之黑夜潮湿寒冷，这疠气恐怕又添几分颜色，莞尔这一蹲，疏忽一时，分明是自寻麻烦。

　　"这下可好。"蓼茗犹豫起来，"即便针刜离水，也是治标不治本，倘若那幻觉真是疠气所为，这点疼痛又有什么作用呢。"

　　此时，蓼茗陷入了两难的境地，若要救师妹，必然蹲下，这样自己也会被疠气所伤，如果不救师妹，用不了多久，莞尔不是死于自己的幻觉里就是冻死在那里。

　　寒风过，冷月明。时间一分一秒地流过，蓼茗却已暗暗下定决心冒险蹲下救莞尔。于是一招寒沁手，银针大半刺入了自己的太阳穴。剧痛！

　　就在蓼茗蹲下的一刻，不远处，竟然出现了一丝闪光。

　　"萤火虫？"蓼茗心里捉摸着，但是很快否定了自己的想法，风雨泽的疠气，不是普通虫草能承受得起的，别说萤火虫，就是凶猛的隼，想飞越风雨泽也是徒劳。"那么，那亮光是？"蓼茗自言自语道。这种飞行轨迹，这种颜色的光，突然蓼茗反映了过来，"引路蝶！那是引路蝶！"蓼茗喜极而泣。

　　没时间考虑那么多，躺在地下的莞尔已经开始胡言乱语了，想必是幻觉所致，太阳穴的剧痛还在持续着，蓼茗迅速蹲下，一把托起师妹，有那么一刹那，地表的寒气压得蓼茗喘不过气来，勉强起身，一阵后怕，心想："幸好有所防备，要不连自己也要着了道。"虚惊一场，蓼茗背起莞尔，远处，引路蝶还在闪烁着光亮，像抓住了救命的稻草一般，蓼茗飞快地奔向引路蝶，那蝴蝶，仿佛通了人性，看到两人过来了，转身在前头带起路来。

　　一切峰回路转，是蓼茗始料不及的。没想到，这小小的蝴蝶，竟然救了她们！然而，这引路蝶是哪里冒出来的，此刻的蓼茗已经无暇顾及了。

武陵古墓难脱险

一笑百步扭乾坤

二人平安地步出了风雨泽，蓼茗心中却久久不能平静，这次远行，哪料处处涉险，步步该灾。看着昏迷的莞尔，心中似打翻了五味瓶一般。于是一鼓作气，扶着师妹，沿大道寻客栈去了。

也不知第几次看到了黄昏，周围渐渐出现了来来往往赶路的人，不见到人还好，一见到人群，几日滴水未沾的蓼茗终于放弃了挣扎，一下子失去气力扑通倒地，倒下的瞬间，嘴里还唤着师妹的名字。

再醒来的时候，蓼茗已经躺在了精心整理的稻草之上，揉揉眼睛，勉强撑起虚弱的身体，环顾四周，"这是在哪里？"蓼茗心里嘀咕。周围的环境如此陌生，不由得心生防备，手中捏着银针数枚，汗湿了掌心。

左边窗沿上一首诗引起了蓼茗的注意：

何年何月何从助人，

日升日落日照吾门。

知己知彼知其灭法，

音起音落音扫其身。

"莫名其妙的诗。"蓼茗心想，再次环顾四周，破烂的房屋内，一口铁锅，一个灶台，一张八卦桌，几把竹凳，一切都是那么陈旧不堪，只有桌上的文房四宝稍稍有些讲究。这地方，甚至连一张像样的床都没有。思索着，蓼茗似乎想到了什么，兀自一声："莞尔！"岂料这一声却搓了心力，胸口一闷，只觉脑袋一沉，又倒了下去。

屋内的声响惊动了屋外的人，与其说这是屋，不如说是草庐，一少年慌忙奔了过来，根本不用推门，因为这门只是一木板而已，遮风挡雨是唯一的用途，但见少年一脚踹开木板，来到了蓼茗身边，“大姐姐，你怎么能随意走动。”看着少年慌手慌脚地扶自己起身，蓼茗不觉难为情起来。

“我……”蓼茗正欲言语，却被少年打断了，“大姐姐，易大哥说在他回来之前，你是不可随便走动的。”看着少年认真的表情，蓼茗不好再多言语。

“小……”一时间，蓼茗不知如何称呼眼前的这位少年，“小兄弟可曾见到与我同行的姑娘？”

蓼茗故作镇定，而少年只是瞧着蓼茗，嘻嘻哈哈地笑个不停。蓼茗有些恼怒，但毕竟只是个孩子，于是压着情绪，又问：“小兄弟可曾看到我师妹？”这次少年终于开口了:“你们真奇怪啊,醒来都问我是不是见到另一个人。”说着，少年还故意装出莞尔的声音，配合着夸张的动作。

听少年这样说，蓼茗悬着的心终于放了下来，虽然面前的少年令人生厌,但疲惫的身体早已经无暇顾及这些了,长喘一口气，又一次睡了过去。

少年见此情景，噘起小嘴，嘟囔着：“一点都不好玩儿。”悻悻地离开了草庐。

当满天的星辰聚合成美丽的银河时，蓼茗醒了过来。窗外几人的谈笑声不时的传来，“这一定是莞尔，还有那个讨厌的小孩。”蓼茗如是想着，理了理衣装，走出草庐。

看到师姐醒来，莞尔甚是高兴，快步跑到蓼茗身边，拉她一并坐到了篝火旁。这次，蓼茗先开了口：“莞尔，你的伤？”莞尔则心不在焉地回答：“多亏了易大哥。”说着，指向篝火对面的人。

蓼茗只顾关心莞尔，却忽略了其他人，而此时，篝火旁不再是那个讨厌的小孩，却多了一个衣冠楚楚的公子，顿觉失礼，赶忙作揖道："这位公子，没请教……"

"哈哈，"首先传入耳中的是爽朗的笑声，"什么公子，山野村夫而已，我姓易，叫易肖。不嫌弃的话叫我易大哥好了。"这样的言语，竟让蓼茗心中温暖了许多，"飘泊在外的人啊！"蓼茗心想，于是道："多谢易大哥救命之恩，冒昧问一句，易大哥也懂医术？"远处的莞尔拼命点头附和，仿佛这个问题困扰了她很久似的。易肖道："略懂一二而已，常年生活在林中，难免被蛇虫所伤，都言久病成医，这简单的方法便摸索出来了。"

莞尔心生佩服，道："那我的幻觉也是易大哥帮忙解除的？"

"什么幻觉，我不知道，当日上山砍柴途径石林，见你姐妹二人倒在地上，昏迷不醒，便赶忙扶回家中，探脉后发觉你师姐乃是劳累过度，没有多大危险，倒是你脉象紊乱，我一时不知如何是好，便想起后山常有野山参，清肺安神，于你或许有用，于是嘱咐家童照看，便匆匆采参去了。"

易肖喝了口酒，继续道："想不到三杯参汤入肚，你竟然醒了，呵呵，真是无心插柳啊。"

蓼茗道："易大哥，我只见过披蓑衣，扛扁担，挥大斧的山野村夫，像你这样舞文弄墨，钻研医术的村夫还真是少见！"

易肖当然明白蓼茗这番话是对自己的身世有所怀疑，但依然和颜悦色，正欲开口。

"你好奇怪，易大哥好心救你，你还怀疑他。"那个讨厌的小孩抢先言道，话音刚落，小嘴又噘了起来。

蓼茗道：“救命之恩当涌泉相报，但我姐妹二人行走江湖，无依无靠，遇事谨慎多防，也算情理之中，易大哥，我所言不差吧，再者，易大哥除非确有原委，让我们姐妹对你稍加了解也不算为过。”说话间，身边的莞尔赶忙使眼色给师姐，害怕师姐的言语冒犯了易肖。

谁知易肖生性豪迈，不拘小节，并未愠怒，闻蓼茗言，自顾自地大笑了起来：“早听闻望春阁弟子心思细密，今日一见，果然非同一般！”说罢，又大笑了起来。

莞尔一阵诧异，道：“易大哥怎知我们是望春阁弟子？”

易肖道：“就算刻意改变了衣襟上清离草的图案，使人以为只是海棠花，但使用的银针是不会骗人的，方才我看到你师姐手中的银针，就料定你们是望春阁弟子了。”

蓼茗慌忙低头，发现自己习惯性将银针搭在手上，顿觉无地自容。

易肖又道：“蓼茗姑娘莫要难为情，行走江湖之人，常怀提防之心，这点我倒是很佩服。”

听到易肖安慰自己，蓼茗反倒更加羞愧了，连忙收起银针，那慌张的姿势，引得众人一片笑声。

看到气氛缓和，莞尔接着问：“易大哥，你为何孤身在此？”

“哦，是这样的，我本江南人士，前些年醉心仕途，谁知此路坎坷，一事无成，经不起打击，更无脸见父母，索性在此暂住了下来，但舞文弄墨的习惯却始终无法更改，于是就当起了村夫，一个卖弄笔墨的村夫。”一席话又引得众人发笑。

"原来是这样。"莞尔恍然大悟，"其实这样也落得自在，易大哥这样的生活我们姐妹也甚是羡慕。"

谁知无心的一句话，易肖却沉默了下来，眼睛只盯着晃晃悠悠的篝火，陷入了沉思。

气氛变得压抑，而蓼茗最受不了的便是压抑，道："想来易大哥也非万事顺心，不知能否把不快之事告诉我们姐妹，或许能帮上忙。"

说到心事，易肖仰头望着天上的银河，道："唉，你们帮不上忙的，这件事困扰我多年，多少人帮过我，只是徒增我罪孽罢了。"顿了顿，易肖接着说，"两位姑娘，休息几日，恢复了气力，还是早早离去吧。"

莞尔听闻此言，道："易大哥此话差矣，同为天涯沦落之人，若不介意，不妨直言，兴许有解决的办法。"

蓼茗频频点头，表示赞成。

易肖似乎被莞尔的言语打动，于是道："也罢，告诉两位无妨，那是……"

"易大哥的心事可是那首诗？"不待易肖开头，莞尔先抢过话来。

此时的易肖甚是惊讶，道："莞尔姑娘所指是哪首诗？"

"明知故问嘛，那草庐里哪还有别的诗？"莞尔道。

听闻，易肖便觉得面前的这位姑娘不一般，于是问："不知姑娘可知其中之意？"

"藏头去尾如此简单，怎么会看不出来呢？"莞尔道："每行首字和每行倒数第二个字，连起来便是'何日知音，助吾灭其？'是这样吧，易大哥？"

易肖闻罢，不得不重新审视面前的这个姑娘，心想：

"望春门人的确令人惊叹，难道这么多年，真被我等到了？"一口烧酒下肚，道："姑娘果真聪慧过人，易大哥佩服万分。"

"易大哥，你等的一定很辛苦吧，天下间会有什么事让易大哥如此烦恼呢？"莞尔问道。

"两位姑娘有所不知，昔日仕途坎坷，隐居山林，但人心肉长，时日久了，很是思念家中两位老人，可是我又有何面目再见父母？所以隔些日子便会唤家童返回故里暗中探望他们，大约三年前，家童再次去探望两位老人，谁知竟然目睹了惨剧！"说到这里，堂堂男子汉眼眶竟也湿润了起来，"是徐奉，洛阳地界的恶霸，为了强取豪夺，竟然向我据理力争的父母下了毒手。"稍微稳定了情绪，易肖接着说："这还不算，徐奉知道两位老人膝下有我这个儿子，为了斩草除根，引我出来，竟将父母尸体悬于城门之上，曝尸三天，而我哪里是他们的对手，身为人子，却只能远远地看着父母大人的尸身受尽风雨折磨，你们可知，我心如刀绞！"

前尘往事 · 罹难武陵

"一别十四年，二位安好？"

"拉扯犬子，料理琐事，甚是辛苦。只是心中之事未竟，如今犬子终于到了总角之年，我们也是时候回到这里了。"

"总角，想必公子定如二位一般洒脱，不为庸世所累，不知取了何名？"

"易肖！"

"易肖，更易凡尘世俗，不肖平庸之人，好名字，希望有朝一日，公子能体会二位良苦用心。"

"倒是这里，十四年间可有异常？"

"里面的人想出来，外面的人想进去，数番交手，未曾分出高下，时至今日，依然进不得进，出不得出。"

"那东西呢？"

"悉数找回，不过……"

"有变故？"

"少了一个。"

"……"

"这十四年在内交手，逐渐力不从心，应该和此事有很大的关系。"

"数年来让你孤身一人守在此处，心中有愧。"

"二位无需介怀，说来也是我的过错，在这方圆半里之地，刀光剑影十四载，时间久了，心中所念也有了不同。"

"请指教。"

"一晃多年，在内之人终不得出来，所掠之物也基本寻回，只要不在外继续作恶，不如就此作罢，令其在内自生自灭，至于仇恨，是该放下了。"

"我二人看着易肖长大，心中的仇恨早已被这个孩子的笑容抹平，时间真的是一味良药。"

"既然如此，为何又回到此地？"

"报恩。"

"终究还是放不下。"

"陈年旧事，不提也罢，这个心结不解，日益堆积的情感似乎比仇恨来的还猛烈些。"

"这般说来，二位是一定要进去了。"

"正是。"

"我有一言，还望静听。十四载你二人在外抚养易肖，忙于琐事，疏于习武，恐怕已经不是在内之人的对手了。"

"也许。"

"二位这一去，又可曾想过易肖？"

"该做的都做了，该留的也都留了，终有一日他会明白，只期这一天不要过早地到来。"

"不怕他心生怨恨吗？"

"有什么怨能敌过时间？又有什么恨能超越生死？我二人尚能释怀，相信他也可以。"

"依我之见，其实二位并未释怀。"

"怎讲？"

"不是说仇恨没了就是释怀，仇恨只是情绪的一种，于你二人而言，报恩的心绪则是另一种，这越发浓重的心绪，会扰乱心智，弊大于利。既然要报恩，方式有很多，不一定要做这般选择。"

"我们已经做了决定，莫要再劝。"

"那之后呢？有何打算？"

"当下事尚未了结，以后的事以后再说吧，只是有朝一日碰到易肖，还望多加照顾，这也是我二人唯一的心愿了。"

"放心，他日有缘相见，我定将他父母从前种种，悉数转达。"

"另外，倘若我们有去无回，告诉易肖，好好活着，千万不要再被仇恨所累。"

"其实二位心中早有定论，此去凶多吉少，为何……"

"还是那句话，为了报恩！"

"既然无法放下，只愿一切小心。"

"多谢，就此别过！"

"哎，二位珍重！"

又一口烧酒进了易肖肚中，莞尔劝道："易大哥，你喝太多了。"谁知易肖推开莞尔的手，不加理会，继续道："这还不够，徐奉见我迟迟不肯出来，于是把父母大人的尸身拖入武陵古墓中！还四处散布消息。你们可知，那古墓岂是平常之人进得了的？传闻当年千人掘墓盗宝，大半人都死在了里面，墓内机关密布，玄阵万千，就是到了今日，墓主人是谁都还尚未明了。你们既是望春门人，应当知晓望春四代掌派善于布阵，当年在江湖上何等厉害，连这样的高手都曾言武陵古墓乃是非之地，宜避不宜趋。落叶尚且归根，父母大人一日不能入土安息，我就一天无法释怀，于是寻遍天下能人，以重金为报，去取回父母遗体，可是，多少人因为我葬身其中！我的罪孽感与日俱增，可是堂堂男子汉的我，却又无可奈何！"

"易大哥，既然墓室机关重重，那徐奉又是怎样来去自如的？"莞尔问道。

"是声音，徐奉肯定掌握了某种声音，而这声音也许就是玄机所在。"易肖解释着。

"哦，所以易大哥才说'知己知彼知其灭法，音起音落音扫其身'的吧。"莞尔补充到。

"没错。"易肖道，"但是何种声音，尚未知晓。"

言语中尽显落寞之情。

这样谈着，不觉已经夜深了，看着易肖恍惚的眼神，蓼茗道："小兄弟，易大哥喝多了，烦劳照顾，今夜我们姐妹俩就在此篝火旁休息，易大哥的事，明日再议。"

家童扶起易肖，一步一趔趄地走进屋里，蓼茗看着莞尔，又看看易肖，心想："易肖，一笑，莞尔，莞尔一笑。这两个人！"

莞尔此时也陷入了沉思中，丧父丧母之痛不亚于丧师之痛，看着易肖落寞的背影，于是下定决心，尽所能帮易大哥完成心愿。之后侧身躺下，望着晃悠的篝火，心想："悠悠的火焰就似这浮沉的人生，总是经不起风吹和雨打，人啊，为什么这如此脆弱？"想着想着，也渐渐地睡去。

可蓼茗依旧坐着，遥望满天的繁星，听着身旁师妹睡去后轻微的气息声，深深地叹了口气。

但谁人可知？几人可晓？这一泓璀璨的银河，已把三人的命运紧紧地联系在一起了。

日月交替，太阳开始了一天的旅程。

"又一个凉爽的早晨。"莞尔伸伸懒腰，好不惬意地说，昨晚的感慨早就抛到了脑后。

"是啊。"蓼茗在旁附和，"师妹……"蓼茗欲言又止，"你真的决定帮易大哥了吗？"

"那还用说？师姐，我知道你会和我一起去的。"莞尔故作顽皮状。

"你啊，知道师姐放不下你，还要逞强？"蓼茗问。

"好啦，师姐，我自知师父的事也不能耽误，赴天山途经武陵，我答应你我们速去速回，了却这桩心事，赶紧上天山！"莞尔道。

"也罢！"蓼茗点了点头。

"两位，起得真早。"远处传来了易肖的声音。

"易大哥！"莞尔大方地叫到，"昨夜之事，我和师姐商量过了，决定帮易大哥寻找父母遗体的下落。"

听得此言，易肖甚是欣喜，道："两位若肯出手相助，易肖感激不尽。"说着，拱手作揖，一幅恭恭敬敬的样子。

"行啦，我说一笑，哦不，易大哥。"蓼茗慌慌张张地竟然叫错了易肖名字。

"一笑，一笑？"莞尔这小鬼头又开始动歪脑筋了："哈哈，师姐，亏你想得出来，这名字甚是好听，易大哥，从今后小妹就喊你一笑哥啦！"说着，还做出鞠躬的样子，旁边的蓼茗自是尴尬，低下头红了脸。而易肖，则被这莫名其妙的新名字搞得摸不着头脑，只好挠挠头，在那傻笑。

"也罢，"易肖道，"莞尔姑娘喜欢，叫什么都好，哈哈。"

蓼茗长出一口气："还好易肖大哥没有生气。"

日上三竿，三人踏上了新的旅程，身影渐渐缩小，最后凝结成三个点，终于和地平线融合在一起，不见了踪影。而家童，倚着门，看着三人的离去，为他们默默祈祷着。

冬夏馆悬冰密室

悬冰顶站着一个人，自然是糜离。同往常一样，师太依旧面色冷峻、寒气包裹着悬冰，发出阵阵白雾，师太的目光却从未看过悬冰一眼。密室里烛光并未点燃，一排黑衣人整齐地站在悬冰下，身影依稀可见。如同师太糜离一样，浑身散发着凛冽的杀气。

"你们所言我并不知晓。去，做你们该做的事，必要时，杀！"师太厉声道。

这些黑衣人静静地戴上面纱，瞬间退去了。师太终于回头，看了看清离的身体，露出一笑，似嘲讽，又似在炫耀。

翻越了几座山头，莞尔一行三人来到了武陵古墓。

秋风扫落叶，寒气袭心头。

这古墓建筑风格诡异，说是古代帝王陵墓，却少了几分庄严，说是王侯将相之墓，又多了几分妖娆。巨大的石门嵌在山体之上，狰狞的狮头图案用一种不可思议的手法凿刻于石门正中，仿佛门神般，静静守护着墓室内长年安睡的人，风呼啸而过，阵阵低吟。石门两边，矗立着两根石柱，年代久远，早已斑驳不堪，上面缠满了枯草枝条。看样子，这墓室有些年岁了。

一笑走了过去，用手扯开了覆盖在石柱上的枝条，一排深凿在石柱上的文字显露了出来：

金木水火，四相乾坤，几生参透
风雨雷电，五行太虚，无人知晓

一笑看了看，若有所思地道："墓室题这样的词句，让人费解。也许中间真意我等未能体会，又或者故弄玄虚，恫吓盗墓之人。总之，从现在起，大家一切当心。"

蓼茗的心思却不在这对联上，仔细看看周围的地形，道："这石门紧闭，连虫兽都钻不进去，我们如何踏入墓室？"

蓼茗的疑问也是莞尔的疑问，大家都在等着一笑的回答。

一笑松开手中的枝条，道："大家不必担心，既然是墓室，自古正门层层设防，想从这里进去，实属不易，但是多年来，这个墓室屡遭偷盗，墓室背后的岩壁上，却有不少盗洞，我们不妨碰碰运气，走盗洞试试看。"

虽然不是什么好主意，但是大家还是一致决定从墓室背后的盗洞着手。于是一笑打头，两姐妹随后，快步向后山进发了。

好不容易来到了后山，莞尔却被眼前的景象惊住了，光秃秃的后山岩壁上竟然布满了数十个盗洞，没想到如此神秘庄严的墓地，背后却也落得荒凉。莞尔道："一笑哥，这么多盗洞，我们怎知哪个通往墓室内？"一笑道："这倒不难，真正的高手盗墓时所掘盗洞一般不会太大，他们的目标很明确，只盗小件，不盗大件，因为小件便于隐藏、交易。我们只要找到差不多大小的盗洞，碰碰运气就行了。"蓼茗听此言，抬头看了看岩壁，"没错，壁上较小的盗洞不过两三个，只要一两次说不定就能找到正确的路。"

话毕，一笑一马当先，爬了上去，莞尔、蓼茗紧随其后，蓼茗却暗自吃惊：一笑一介书生，竟有如此矫健的身手，爬起山来竟丝毫不输给两个习武之人。

气喘吁吁的上了岩壁，最近的盗洞很快出现在了眼前，一笑点燃火把，毫不犹豫地迈了进去，两姐妹虽有犹豫，但也探着身子，跟了过来。

　　这盗洞异常低矮，却不潮湿，三人行于其中，须弯着腰，稍不留神，便会撞到穴壁之上，前进许久，身后洞口的光亮早已经不见，只留下一笑手中那微弱的火光。漫漫长路，不知过了多久。一笑终于开口了："我们运气好，选对路了，看！"说着，拿着火把的手伸向了前方。亮光所及之处，四四方方的厅堂显露了出来。

　　"终于让我找到了。"一笑道，迅速翻身，跃进了厅堂。莞尔蓼茗也紧跟着跳了下来。

　　待到一笑点燃四壁的火把，这厅堂的面貌便一览无余了。没有任何修饰，青砖堆砌的墙壁，因为年代久远有了裂痕，厅堂也没有任何门窗，就像一个关押犯人的囚房，干燥而阴暗。

　　"怪哉，"一笑道，"这四壁都是砖墙，如何是好？"

　　"看看墙壁，或许有发现。"蓼茗凭直觉道。

　　说着，蓼茗摘下墙上的火把，仔细察看墙壁去了，而此刻的莞尔却对堂内正中的石桌发生了兴趣，"空空的厅堂，却摆着碍眼的石桌，古怪异常。"

　　抚去石桌上厚厚的尘土，莞尔端详起石桌上的图案，"这是一种古老的语言，"莞尔自言自语，"但是为何会出现在这里？这种文字在望春阁藏书中经常看到。"靠着记忆，莞尔读起了这些字，有些吃力，但还是勉强明白了大意。

　　理了理思绪，莞尔皱起了眉头，喊道："一笑哥，师姐，这是五行阵法，快来看！"

　　与此同时，一笑、蓼茗那边也有了发现，原来每面墙壁的正中一块青砖上都凿有一个字，而四面墙四个字分别是金、木、水、火。

三人再次聚在一起时，蓼茗道："师妹，难道是……"

"不错，这应该传言中的四大镇墓阵法之一，五行阵。"莞尔焦急地说，看看四壁即将熄灭的火把，道，"火把点亮之时，阵法就已触发，是我大意，进来之前忘记叮嘱大家小心阵法。这是惯用伎俩，都怪我。"莞尔自责，"我们要赶在火把熄灭之前破阵，否则，火把熄灭之时，四壁火把断裂，缝中溢水，我们会被活活淹死！"

"有何方法破阵？"一笑当机立断地说。

"石桌四棱分别对应四壁上金、木、水、火四字，只要在击碎石桌时同时按动墙壁上刻着字的四块方砖便可破阵，但是，这个方法需要五个人……"莞尔道。

"如若不同时按动，会怎样？"一笑依旧镇定。

"那全看运气，击碎石桌时，少按动一块方砖，石桌下隐藏的与之对应的青龙白虎朱雀玄武四机关铜人便会弹出，师父曾说，天下机关，青白朱玄。我想，一定是难缠的角色。"莞尔忧虑地说。

"然后呢？难道没有一点办法了？"一笑问到。

"也不尽然，火把熄灭之前，击败铜人，依旧可以解除阵法。"莞尔补充道。

这时，蓼茗方才悔恨当初冒失地取下了一支火把，如今所剩，只有即将熄灭的三支火把了。

火光摇曳着，莞尔苦苦思索破阵之法。片刻道："如今之计，只有赌了。"

"如何赌法？"一笑问。

"师姐踏雪针可以同时击中两块方砖，我的寒冰针足够击碎石桌，而一笑哥也可以按动一块方砖，这样，运气好的话会只出现一个机关铜人，以师姐和我之力，应该勉强对付得来，只是要抓紧时间，在火把熄灭前干掉它就可以了。"莞尔无奈中想出了引出机关铜人这样的方法。

计策已定，眼看着火把光逐渐减弱，于是三人匆忙就位。大家都摒住了呼吸。片刻，三人互使眼色。

"踏雪无痕！"

"寒冰凝露！"

听到两人的大喊，知道招式已发，一笑同时按动了方砖。

霎时间，天摇地动，无数灰尘遮蔽了双眼，如果发生在室外，这灰尘必定遮蔽阳光。石桌应声而破，无数碎片溅起！三人的距离虽然很近，却又不能清晰地看到彼此。待到莞尔定睛时，愣住了！碎片却没有落在地上，而是径直浮在了空中！这碎片浮空的场景，只有莞尔一人看到，看到完全违背了常理的事情，莞尔不敢相信自己的眼睛："师姐，一笑哥，石桌的碎片、碎片浮在了空中。"惊疑时，莞尔大叫了起来。声音穿过厚厚的浮尘，传到了蓼茗耳中，蓼茗听闻，顿觉大事不妙，顾不得浮尘呛鼻，道："碎石升，铜人涌。师妹，快闪！"话音未落，轰然一声，一道灼热的气流将莞尔震开数丈，莞尔昏死了过去。

再次睁开双眼时，莞尔已被蓼茗扶在了一边，而一笑也蹲在身旁。厅堂内灰尘散尽，火把只剩余烬在微微闪烁，漆黑包围了所有人。

杀气，一股骇人的杀气弥漫在空气里，连地上的灰尘都有了躁动的迹象。

　　三人不觉摒住了呼吸，蓼茗低语："这样下去不是办法，连铜人在哪都搞不清，根本没有胜算。"

　　"难道我们就在这里耗着？"一笑颤抖道。

　　万般无奈，莞尔想到了师太交给自己的三个锦篓，"危难之时打开。"师太的话盘旋在脑际，赶忙伸手去摸腰上的束带，慌乱之中顾不得太多，随便扯开了一个锦篓，"希望有用。"其实，此刻莞尔心中也是没底的。

　　一点似曾相识的闪光跃出了锦篓，看到了闪光便是看到了希望！

　　"那是，那是引路蝶！"莞尔惊道。

　　只见引路蝶离开锦篓后，悠然盘旋于厅堂中，闪烁着光芒，在空中摇曳出美丽的弧线。

　　蝴蝶的光芒是微弱的，但这光亮，足以让人看到生机，冥冥中带给了三人无比的勇气。

　　借助微弱的光亮，蓼茗终于有机会观察不远处的机关铜人。只见一人形铜人立在原地面朝三人，却丝毫不动，仿佛生了根一般，却满腹杀机，就像潜伏的猛兽般，随时准备给猎物致命的一击。这感觉让蓼茗想到了在风雨泽时的情景，未知的总是危险的，"该死！"蓼茗咒骂道。再说铜人，这四肢和身体结合得如此完美，竟让蓼茗觉得这绝非出自工匠之手。再看铜人面部，没有五官，给人安详的感觉。蓼茗想："这铜人，缺少任何能造成威胁的武器，表面看去，与普通练功人偶没多大分别，但是，杀气弥漫四周，虽然铜人没有五官，却总感觉自己被一双眼睛盯着。"

　　有了风雨泽的教训，蓼茗这次不敢冒然行动，靠近莞尔道：“莞尔，有什么主意？”莞尔也只是盯着铜人，推敲着破解之法。

“青白玄朱再厉害，也只是机关，既然是机关，必定有破解之法。”蓼茗胸有成竹地道。

话虽如此，但时间已经所剩无几了，眼看着火把的余烬也即将灭掉，莞尔站了起来，在师姐耳边嘀咕了几句，转身一个影步冲了上去。

还没搞清状况的一笑被莞尔的举动吓傻了，惊叫道：“危险，莞尔！”

这种情况下，莞尔哪里顾得上其他，这影步乃是望春阁绝技，医者，行之于速，这武功本是为了第一时间能够挽救患者而代代相授的，没想到莞尔配合这攻击使用，也算得上急中生智了。眼看就到铜人的面前，莞尔快速俯身，将银针上弦，敏捷地插在了铜人的四肢与身体结合处。

嘭……插入的一刹那，银针绷断了。

“没错，师姐，趁现在！”莞尔大喊。

说时迟那时快，蓼茗捡起碎石，甩开手臂，踏雪无痕瞬间爆发，银针换作石块，“嗖”地击中了铜人的胸口，轰……铜人应声倒地，激起无数粉尘。

趁此空当，姐妹二人快步撤了回来。死死盯着倒下的铜人，连呼吸都变得急促起来。一笑哆嗦在一旁，躲在姐妹二人后，道：“结束了吗？这究竟怎么一回事？”

良久不见动静，莞尔壮了壮胆，道：“这铜人四肢契合得如此完美，连寒铁银针都挡了下来，刚才就捉摸着也许机关并不在四肢，从铜人出现开始，一直待在原地不动，也许玄机就在脚上，于是让师姐竭尽全力打倒铜人，想看个究竟。”莞尔解释道。

听莞尔所言，一笑不觉一身冷汗，莞尔刚才的举动竟然是猜测，倘若估计错误，这等草率……一笑不敢再想下去，但同时，一笑也在钦佩莞尔临阵不乱的分析力。

许久，灰尘散尽，倒下的铜人依旧躺在地上，而火把的余烬早已经熄灭了，厅堂内只剩下引路蝶不时闪烁发出的光芒，一切变得安静了很多。

“莞尔，也许这次你是对的，这根本不是什么五行阵法，不过是障眼法罢了。”蓼茗心有余悸的说。

“……”莞尔无言。

“什么，搞了半天竟然是障眼法，欺人太甚！”一笑抱怨着。

而此刻，蓼茗和莞尔却并没有因为侥幸度过这一关而高兴，相反，担忧的情绪更深了一步。仅仅是障眼法就如此费尽心机，这机关设计者究竟是何等的人物。

莞尔站起来，拍了拍身上的尘土，道：“此地不宜久留，赶紧找出口吧。”

一笑慢慢走到铜人身边，挪开笨重的铜人身体，惊讶道：“莞尔，果如你所料，铜人身下有个洞口。”

姐妹二人挪步旁边，仔细打量着洞口，只见这洞口有一尺见方，洞内漆黑一片，深不见底，蓼茗无奈道：“真的要从这里出去吗？”

“仅此一口，难道在这里等死？”一笑倒是干脆。

“师姐，事到如今，福祸天定了，走吧。”莞尔安慰着蓼茗。

“希望上天庇佑。”蓼茗依然担心着。

　　如此，蓼茗，莞尔，一笑依次下到了洞中，怎料这洞根本没有落脚的地方，三人就像从空中坠下一般，一溜烟地滑向了深处。

　　磕磕碰碰了许久，蓼茗首先跌出了洞口。紧接着，其他两人也冲了出来，三个人灰头土脸，面面相觑，彼此苦笑了一阵。

　　阳光刺痛了双眼，莞尔这才反应过来，这洞竟然把他们送出了墓室！

　　"师姐，我们又回来了！"莞尔愤愤道。

　　蓼茗抬头，熟悉的对联又映入眼帘：

　　风雨雷电，五行太虚，无人知晓
　　金木水火，四相乾坤，几生参透

　　"甚是古怪！"蓼茗遗憾道，"古人云'天下之大，唯离世之人莫扰'，难不成是我们惊动了已逝之人，周折一番，又回到了原地，天意。"

　　一笑摸着碰伤的头，情绪激动："什么天意不天意，我现在关心的只有我父母大人！二老的遗体就在里面，可我们却不能相见！"说着，发了狂似的狠狠地捶着墓室的大门。

　　莞尔赶忙劝阻："一笑哥，师姐并未言不再帮你，我们会想办法的。"

　　"想办法？有什么办法？一个石门隔开阴阳两路人！"一笑有些抽泣。

　　"一笑哥，你别这样，我们再想想办法……"莞尔最不会的便是安慰别人了。

"似乎有些不对劲！"蓼茗顾不得一笑，一把扯住莞尔，"你看那对联！"

莞尔恍然明白了过来，回头道："一笑哥，这不是我们先前看到的墓室正门！你瞧，石柱上的对联，上下联颠倒了过来，这是，这是墓室的另一个门！"

一笑一怔，目光投向了对联，没错，这对联竟然换了方向，事情又有了新的发展，一笑希望重燃。

一贯的警觉使蓼茗又抽出了银针，而眼睛不由得扫视了四周，除了墓室大门和石柱与先前的一模一样，四周的布局都发生了变化，这是一个设在峡谷中的墓室大门，大门依山而建，另外三个方向被峭壁包围，可以说当下的情形，才是真正的进退两难！要想平安离开这里只有进入墓室。

"现在可好，连盗洞也没有了。"蓼茗叹道。

谈话间，莞尔又想到了师太交给自己的三个锦篓，不觉产生了求助于它的想法，随着时间的推移，这种感觉越来越强烈，渐渐的，手不由自主地伸向了束带。

"怎么？"莞尔叫道，"师姐，锦篓少了一个！"

还以为又有什么情况，蓼茗一个影步，来到了莞尔身边。

"师姐，师太交给我的救命锦篓，只剩下一个了。"莞尔不知所措。

"也许刚才打斗时掉在了厅堂。"蓼茗道。

"不会的，三个锦篓用百草结相连，一个掉了，其他的也会掉的。"莞尔确定地说道。

这百草结是用一种名为百草果的藤蔓植物根茎编成的

绳子，坚韧无比，钝器不可伤，而百草果的汁液又黏稠无比，以这种汁液浸泡过的根茎更加具有韧性，加上春秋堂特有的打结方法，捆绑牢固的物品是不会轻易掉落的。

"……"蓼茗也无话可说。

"莞尔，会不会之前用过一个了？再好好想想。"一笑突然插嘴。

听了一笑的话，莞尔若有所思的道："对啊，师姐，这蝴蝶似曾相识！"

"你是说？"蓼茗也顿悟，"你是说风雨泽的那只救命蝴蝶？"

"恩……"莞尔也不确定，但在当下也许是最合理的解释。

"恐怕在和藤蔓打斗时，无意间放出了引路蝶。"莞尔摆摆手。

"谁知道呢，不过，我们都安然无恙，这是最好的。"蓼茗耸下肩，"那锦篓就别去想了，至少……我们还有一个。"

"师姐……"

"寒沁抚心心若宁，世间万物皆空灵。几世修得此生缘，武陵山中有棋仙……"莞尔话音尚未结束，就被一阵悠远的吟唱声打断。

这声音若隐若现，似虚似实，只回荡在山谷之中，久久不能散去。

"什么人！"蓼茗喊道。

吟诗的声音给人温暖，但在人迹罕至的墓室前，未免怪异，三个人相互倚靠，小心防备着。

"哈哈哈，"墓室门后传来了慈祥的笑声，"天下诸事皆如此，年轻人又何必慌张？"

声音渐落，墓室的大门缓缓打开，如此庞大的石门，开合之间竟此般轻巧，让三人好不诧异。

缝隙越来越大，最终完全敞开，一老者拄着九天杖，徐徐地走了出来。

莞尔定睛看了看老者：身着紫鹤装，腰缠八卦带，头顶九虚冠，足踩步云履，加上手持的九天杖，如果不是出现在面前，还真以为见到了神仙。

"敢问老人家尊姓大名？"莞尔似乎并不惧怕眼前的老者，走向前，毕恭毕敬问道。

"凡夫俗子，羞于启齿，不提也罢，也罢。"说着，布满皱纹的手捋了捋胡子。

"老人家，冒昧一句，可否给晚辈们指条出路？"莞尔试探地问。

旁边的一笑却不像莞尔如此的耐心，冲上前去，道："老头，少在这装神弄鬼，快说，怎么才能离开这鬼地方！"

"一笑哥，别……"莞尔话语未毕，就被一笑粗暴地打断了，"老头，再不言语，小心我不客气！"

但老者只是站在那里安详地笑着，丝毫不畏惧一笑，边捋胡子边说："年轻人，目如明镜似九天之云，思若止水恰繁星之河，方能成就大气候。"

一笑哪经得起这三言两语的激将，向老者冲了过去，就要动手，谁知这老者眼睛也没眨，身子稍稍移动，轻松避开了一笑的拳头，一笑愤怒了，转过身来径直扑了上去，这老者却挥一挥衣袖，不远处的石凳石桌瞬间移了过来，挡在两人之间，一笑来不及反映，被石凳撞倒，一屁股坐在了石凳上。而老人仍然慈祥地笑着，又挥一挥衣袖，面前的石桌上竟然出现了一盘未落子的棋盘。

本来也准备动手的师姐妹，看到这种情况，方才收回了银针，蓼茗道："既然一笑哥没事，我们静观其变。"

莞尔点了点头，二人来到了石桌旁。

老者脸上依旧挂着笑容，道："老夫平生所好有三，隐居山林，小酌热酒，钻研棋局。不知少侠可否与老夫对弈几盘，了却老夫心中之事？"

论武功，一笑可能是外行，但是下棋，正中了一笑的下怀，好歹也算个读书人，这琴棋书画当中，对弈也许是一笑的最强一项了。

"此般正好，让我挫挫这老头的锐气！"一笑暗想。

"好，前辈，晚辈斗胆与您较量一盘。"一笑装着很恭敬的样子道。

"甚好甚好，老夫也很久没有下过棋了，哈哈哈哈。"说着，老者又大笑了起来。

听到两人如此轻松的对话，两姐妹放下心来，饶有兴趣地在旁观看着。

"那么，请前辈开局吧。"一笑道。

"欲将八方落中子。"老者边说边在棋盘正中放下了第一子。

"屯兵屯粮一角中。"一笑对老者的棋子不加理会，只在棋盘右下方落下了棋子。

"号令天下子相连。"老者在第一个子的旁边又从容落下一枚棋子。

"休养生息攒金钱。"一笑胸有成竹地说。

至此，莞尔看出了门道，由于老者先手抢了棋盘正中有利的位置，所以采用了进攻的棋法。而一笑则在棋盘角落发展，保留实力，伺机反攻。

"莫要迟疑错时机。"老者的第三枚棋子落在了接近一笑棋子的地方，似乎要发起进攻了。

"以进为退巧御敌。"一笑有些意外，老者在第三步就发起了进攻，但还是巧妙地落下了第三个子，避开了棋锋。

"休要言我不仁义。"老者落下一子，严肃了起来，似乎在捉摸如何速战速决。

"当回避时定回避。"老者的上一子落得一笑一番尴尬，倘若进攻，一定会中计失掉二子，但若是防守，也难保全所有的棋子。权衡利弊，一笑还是选择了后者。

这二人所下之棋，乃是流行于江南一带的弈棋，胜负要看棋盘布满棋子之后，黑白两方谁的子更多一些，棋子颜色多的一方获胜，而吃子则有特有的规则。但仅仅四个回合，一笑遍失掉一子，渐渐感到了压力。

"乘胜追击捣黄龙。"老者落子，又一步棋气势汹汹地袭来，然而表情更加严肃了。

"虚实之间显才能。"仓促应敌，一笑不得不在棋盘中间老者的棋子附近落下一子，企图转移老者的注意力，而心里却在想："似乎每一步棋这老头都知道我的打算，总在我落子之前断了我的后路，这样下去不是办法。"想着，头上已经汗涔涔了。

"师姐，一笑哥怎么还不进攻啊？"莞尔看着棋局，为一笑操着心。

"嘘！"蓼茗道，"静观其变。"

二人的谈话传到了一笑的耳中，烦躁之情不自觉地冒了出来，一笑自语："岂能在两位姑娘面前失了面子？一定要镇静。"

面前的老者丝毫不理会姐妹两个的评价，旁若无人地笑了起来，捋捋胡须，投下一子。

"直取要害毁城邦。"

一笑怎料这一子来得如此犀利，并不比前一子好对付，于是苦苦思索落子之法，"这是什么招，简直是玉石俱焚，老头也不想要自己的子了吗？"

"以一牵百柔克刚。"艰难之中，一笑落下这一子。

"同生共死情谊在。"说着，又一子从老者手中落下，棋子落定，老者笑了起来。

笑声加重了一笑的烦躁情绪，两鬓的汗水已经不知不觉地流了下来。看着棋盘，一笑想着："果然是这样，一步自杀的棋，这老头有问题吗？"

"保家卫国护山寨。"一笑就是这样，总喜欢和人硬碰硬，竟然也下了一步与对方同归于尽的棋。

"遭了，"一边的莞尔低声对蓼茗说，"这步棋一笑哥草率了，图得一时痛快，却没有看到长远，虽然这里棋子全部同归于尽了，但是前面数棋一笑哥都在防守，倘若这里的棋子成为一片空地，对于一笑哥而言，那等于又多了一处需要防备的地方，往后只有疲于防守了。"

蓼茗听了莞尔的话，频频皱眉，也觉得易肖胜算渺茫。

"直入虎穴猛擒王。"上一步的作用发挥出来了，老者丝毫不给一笑缓冲的时间，落得一子，将了一笑一军。

一笑方才顿悟，原来这老头别有用意，上一步故意来个你死我活，完全是为了这一步的进攻。"该死！"一笑有点恼怒，同时又在悔恨自己刚才太过冲动，错失了良机，中了奸计。

"舍生取义背行囊。"看到大事不妙，一笑决定暂且放下这一片棋子，在棋盘别处重新落子。

而老者怎会给穷寇以喘息的机会，于是又一子紧随其后追来。

"斩尽杀绝除后患。"

到此，蓼茗心中很是疑惑："莞尔，你看这老者，慈眉善目，落子却招招狠毒，我总感觉，事情不是那么简单。"

莞尔道："师姐，你多心了，如果前辈怀有敌意，早就动手了，干吗还要下棋，多此一举。"

蓼茗听罢，虽然担心，也总归无可奈何，道："也许是我多心了。"

当下的一笑，早已大汗淋漓，谁知眼前这老头下起棋来，竟丝毫不给人后路，步步紧逼，子子致命，一笑看着棋盘，渐渐恍惚起来。

"一夫当关挺进难。"一笑岂是一般角色，急中生智想到了这招，落子后，用手擦去额头的汗珠。

"哈哈，果然是英雄出少年，不错不错。"老者赞叹道，刚才一笑的一步棋，巧妙化解了当前的危机，这出奇的一步也是老者始料不及的。

"承蒙夸奖。"一笑嘴中谦虚着，心中却早已方寸大乱。数年来，一笑对弈从未碰到过这样的对手，从始至终保持着微笑，但棋艺却似笑里藏刀，杀人于无形之间。

"那么，这样呢？"老者又落下一子，道："回天无力劫难逃。"

这枚棋子落子诡异，乍看来全然没有章法，乱执一气，实则正中要害，使一笑大部分棋子进退两难。

看着自己的棋子，一笑喘着粗气，"大半将死。"心里想到。

情绪越激动，浑身就越颤抖，一笑仰起头来，无神的双眼望着山谷上方唯一的小片天空，叹道："人生浮沉莫过于此，想我易肖大半生，琴棋书画无所不能，却无半点功名，没有丝毫成就，隐居山林数十载，医术小有所成，却不能救父母于水火，如今，连对弈都完败给他人……"

"易大哥太激动了，"莞尔道，"这么多年，他心中的郁结一定很深。"

"……"蓼茗没有理会莞尔。却目不转睛地盯住一笑。

"父母大人生前我没有好好地保护，如今，死后还不得入土为安，天啊！"一笑不自觉地跪在了地上。

"一笑哥！"莞尔正要上前安慰，却被蓼茗一把拉住。

"师妹，莫急！"蓼茗厉声道。

莞尔从没有见过神情如此严肃的师姐，被这声喊叫震住了，呆在原地，动弹不得。

"吾辈无能，吾辈无能啊……"一笑的声音开始变得撕心裂肺。

而棋盘的另一侧，老者仍然微笑着，眯着双眼看着跪在地上痛苦不堪的一笑。

"吾辈无能，还有什么脸面活着！"突然，一笑的面孔竟然狰狞起来，猛地站起，掏出腰间的匕首，大喝一声，"吾辈无能，以死谢罪！"说着，闪着寒光的匕首就朝自己的胸口刺去！

鲜血喷涌了出来，溅落四处，洒在了棋盘之上，染红了大片棋子，老者站了起来，远远看着倒下的人，笑道："心结啊，到底还是你赢了。"

"莞尔……"唤着师妹的名字，血从嘴角趟了出来，意识渐渐地模糊，蓼茗跪倒在地，"你究竟是什么人？为何要害我三人？"

"哈哈哈，不过是对弈的老者而已。"老者满脸微笑道，"心结啊，终究是战胜了所有。"

方才那一刀，蓼茗早有防备，眼看着一笑便要自尽，一个影步挡在了一笑身前，而刀尖，却狠狠地刺入了自己的胸口。

"师姐！"突发的一幕吓坏了莞尔，她三步并作两步来到了蓼茗身边，早已泣不成声，"师姐，你怎么样了？"

"莞尔，太……太虚！"颤抖间，蓼茗的指尖无力的指向对面的老者，话音刚落，便不省人事了。

"哈哈哈，凡夫俗子啊，我来帮你们解脱吧！"说罢，老者跃起数丈，身手解开了腰带，凌空旋转，顺势扯下了紫鹤装，抛向远处，那袍子在空中飘荡许久，遮蔽了天日。

当紫鹤装平稳落地之时，莞尔面前的老者已经持杖立于远处了，紫鹤装换作黑衣，而那协助行走的手杖却赫然变为了肃杀的武器。

老者的神情是冷漠的，令莞尔想起了师太糜离，但眼前的这个人，却有说不出的感觉，空气中感觉不到一丝的杀气，只有鲜血的腥味弥漫四周，莞尔怎么都无法把现在这人和不久之前那个慈眉善目的老者联系在一起。

"你到底是什么人？"莞尔站了起来，镇静地问道。

"年轻人，同样的问题我是不会回答两遍的，不过，有一点可以肯定，今天，你们都要死在这里！"老者鄙夷地说。

"你我无怨无仇，为何刁难于我？一笑大哥不过是与你切磋棋艺，你又为何把他逼上绝路？"说着，回头瞥了一眼一笑，只见此时的一笑完全像变了一个人似的，蹲在那里，瑟瑟发抖，只是盯着蓼茗胸口鲜血淋漓的半截匕首。

"我逼他？"老者反问，"我们不过下下棋罢了。"

"对弈贵在切磋，我虽不善棋艺也略知一二，但是你的每步棋都充满了仇恨，一笑哥怎么经受得起？"莞尔责问。

"那是他软弱，从一开始就输给了自己的心结，枉你还叫他大哥，哈哈哈。"老者讽刺道。

"你！"莞尔越听越来气，"快救我师姐和一笑哥，否则别怪我不客气！"

"哦？"老者探身道，"救与不救又有什么分别？你也是将死之人，还是多多考虑自己吧。"余音刚落，手中的杖已挥动，在上方划过一道弧线，杖尖飞向了莞尔。

"在这太虚中睡去吧！年轻人……"老者保持着姿势，嘴里念念有词。

"太虚？"莞尔思绪还在混乱之中，杖尖却已滑至鼻尖，眼看就要刺中要害。莞尔双脚用力一蹬，借助反弹，影步瞬身一荡，躲过了杖尖。

　　"妙！"老者道。

　　来势毒若盘蛇的杖，躲避巧如金雁的人，莞尔的一招一式，连老者都不禁赞叹。

　　"普天下，这瞬身之术恐怕属望春影步最为玄妙，老夫今日有幸一见，也不枉此生了。"老者还在回味着莞尔刚才的步伐，"只可惜，来到这里的人都要死，望春阁弟子更要死！"狠毒的话语过后，老者已然来到了莞尔的身后，这速度之快，竟没有掠起一丝微风。

　　"影步！"莞尔呆住了，"你怎么会望春影步的？"

　　"这点，你在九泉下会知晓。"老者道。

　　莞尔只觉背后一阵凉意袭来，方才晓得那杖尖已经蠢蠢欲动了，待要回头，哪里还来得及？只听得"嗖"的一声，那杖便刺了过来。

　　"回风落雁！"莞尔大喊，小进一步，腾开空档，右脚向后抬起，脚跟轻点了杖尖一下，改变了来杖的方向，来势凶猛的杖经过这么轻巧的撞击，改变了方向，从莞尔的身侧，深深地插进了旁边的土地中。

　　但这"回风落雁"毕竟使得半生不熟，轻点杖尖的同时，那杖的力道早已重创了筋骨。险情已毕，疼痛接踵而至，莞尔咬着嘴唇，强忍着脚部的阵阵灼热，艰难地转身，强作镇定，双眼却死死地盯住老者。

　　"哎，岁月啊！"老者不知为何感叹。而莞尔也保持着沉默，现在，只有冷静才是最好的选择。

　　"想当初，望春先辈们也是这样避开了杖尖，这一幕，倒是令我想到了从前。"老者自语道，"看看如今，真是年轻人的天下啊，姑娘年龄尚小，却已领悟回风落雁，老夫很是欣喜啊。"说着说着，老者竟然赞叹起莞尔来。

莞尔也愣在一旁，搞不清状况，心想："这老者好像很了解望春阁，莫不是和望春阁有什么关系？但这一举一动却又非望春门人，这究竟怎么一回事？"

"只可惜，"莞尔还在沉思，老者突然恢复了刚才的冷酷，"这一切就要结束了。"

此番，那杖还深深地插在土地中，老者也没有拔出它的意思，只是慢慢地向莞尔走过来，只见老者从头上取下道簪，捏于手中，道："不知姑娘，这招可曾见过？"

说罢，道簪搭于手中，弓步站稳，持簪的手举到身后，突然手腕用力，抖动间挥至前方，那簪也就势如破竹地袭来。

"这，这是！"莞尔懵住了，"寒冰凝露针！"

不待片刻停留，簪飞了过来，莞尔当然知道这招的厉害，只是当下别说回风落雁，受伤的双脚就连影步都难以使出，千钧一发之际，只好以同样的招式还击，毕竟这寒冰针的力度自己是最明白的。仓促准备后，莞尔使出同样一招"寒冰凝露"迎了上去。

空中两道光相互冲来，拖着同样闪着寒光的尾巴，若不是打斗，定会认为是两束美丽的焰火、簪尖、针尖相触的一刹那，轰然一声，天地变色，升起一团白烟。凝聚内力的两件武器相撞，那冲击，连周围的石桌都抖动了起来！

"失败了吗？"莞尔喘着粗气，如果连寒冰针都无法成功的话，耗尽内力的莞尔是如何也不可能活着回去的。

突然，白烟中那簪旋转着飞了出来，速度一点不亚于刚才。

"怎……"莞尔的话语未落，这旋转的簪便像钝器一般，狠狠砸在了她胸口。

噗嗤，一口鲜血喷了出来，莞尔跪在了地上，大口大口地喘着粗气。

"哈哈哈，"老者前行了几步，突兀地笑了出来，"又让我吃了一惊，年轻人。"

莞尔却只是看着老者，眼神中充满了迷茫和恐惧，喉中紊乱的气体夹杂着血液，半点声音也发不出来。

"年少有为，年少有为啊！"老者的赞叹，一时间竟让莞尔分不清敌我，"不错的针法。"

喉中依然不能发出声音来，莞尔只是皱眉，疑惑地望着老者。

"不甘心么？"老者挑衅地道，"只可惜你用的是针，倘若换作簪，也许还能挡下这一击力道与速度都相同的招式。取胜关键当然是所使的武器了，失之毫厘，谬以千里啊。"

老者一番叙述，莞尔方才醒悟，原来这簪的重量乃是针的百倍，硬碰硬没有丝毫胜算，但寒冰凝露并非普通招式，所以两物相撞，针改变了簪的飞行轨迹，所以那簪才朝自己旋转地飞了过来，倘若没有针的作用，径直刺来的簪早已要了自己的命。想来也是一阵后怕。

然而，胸口涌出的鲜血已经不是用针刺穴位能止住的了，莞尔失血过多，渐渐意识模糊了，头一沉，倒在了地上。

"哎，人啊，终究斗不过命运。"看着已经倒在地上奄奄一息的莞尔，道，"你即将死，不妨告诉你真相吧，你也能死的瞑目。"

　　说着，老者走到了莞尔身边，俯身抽出莞尔衣袖中的银针，望了许久，若有所思地道："天地初开，万物混沌，盘古以死造就了天地万物。后世之人，为了纪念盘古，历时数年，修建了盘古神殿，立牌位于其中，为了保护神殿和牌位，天下的奇人异士创造了许多阵法，而这些阵法流传百年，后来多见于墓穴，用来保护死去的人。这当中最有名的莫过于五行阵法、太虚阵法、八卦阵法和天地阵法。根据各自的特点，人们又总结出五行铜人，太虚迷境，八卦乾坤和天地无物的说法。四阵中，恐怕要属这太虚迷境最为厉害，而你们，偏偏要闯进来。事到如今，想要脱身根本就是奢望。"老者停了片刻，抬头望天，道，"哎，你们怎么会知晓，空有一身武艺是无论如何也破不了这太虚阵法的。"老者垂下头来，看这挣扎在生死边缘的莞尔，黯然道，"在这阵法当中，全凭意念啊，年轻人……你们所面对的人，是自己心中之物。"说着，竟然老泪纵横起来，哽咽道，"只要意念尚存，斩杀守阵之人，方可化险为夷。与我对弈的少年，始终败给自己的内心，一味想着功成名就和死去的父母，抛不开心结的人，怎么可能存有一丝破阵意念呢？你的同门，心中充满了不安，惶恐打败了她自己。而你，可惜啊……始终被疑惑困扰，终究扰乱了意念，落得如此下场。"老者转头离开几尺，接着道，"数年前，望春四代掌派为寻找晚五这味稀世草药来到了武陵古墓中，同样是这太虚迷境，一惯沉着冷静的四代也不堪命运的捉弄，败给了自己，永远把自己留在了太虚之中，而他的心结仅仅是苦于寻找草药。可笑啊，世间的东西是你的总会是你的，得不到的终究得不到。"

听到这里，莞尔的手抽动了一下，原来这么多年的寻找，四代的遗体竟然掩埋在了武陵古墓当中，难怪如此众多的望春弟子踏遍大江南北也没有觅得四代的一点消息。可是即使现在知道了，又能如何呢？想想自己的处境，莞尔讽刺地笑了。

"而这阵法之所以代代相传，还要归功于你们这些擅闯古墓的人！"老者沉默了一阵，接着道，"在太虚阵法当中死去的人，他的意念会幻化为守镇之人，而这些意念全部凝结在生前自己认为最贵重的东西之上，直到碰见另外的人，杀了他们，自己的意念才会散去，灵魂才得以解脱，才可以摆脱这无尽的痛苦。哈哈哈哈，这么多年了，我终于等到了你们，灵魂啊！终于可以超脱了！"说着，老者疯狂地笑了起来，像是积攒了千年的怨气一并都发泄出来了一样。

话音至此，莞尔身体猛烈的抖动着，心想："难不成，这老者是四代掌派的意念所化？怪不得对望春阁武学如此精通，对我们也是慈祥冷酷参半。"

容不得半点迟疑，老者道："现在，解决你吧，也了却我多年的夙愿。你死在自己门派最高武学之下，也不枉此生了。"

说着，老者中指无名指夹起银针，举起手来，指向天际："让这银针化作利刃，让万物得以安息！"念叨着，拿着银针的手舞动了起来，猛然吸了一口气，身子微躬，手却从下向上反劈了过来，针和手仿佛合成了一体，瞬间化作一道月牙鸿光，惊雷般的速度劈头盖脸的向莞尔袭来。

"探月针！"老者大吼道。

这鸿光，莞尔如梦初醒，这光分明就是先师遇害的那招，怎么会出现在这里？

然而，招式已发，生死已定，莞尔不知不觉地流下了泪水，心里有个声音不停的呼喊着："先师，弟子无用，只有在九泉之下再报师恩了！"

时间仿佛停止，一瞬宛若了万年，鸿光已去，物是人非。

莞尔再次睁开了双眼，却惊讶地发觉老者的手杖横挡在面前。莞尔抬起疲惫的双眼，见一个身影站在了不远处。

一人，一杖。持杖的便是一笑。

"百、百步穿杨，年、年轻人，你终究出招了……"伴随着欣慰的笑容，老者渐渐倒了下去。

风掠过，不惊起一物。那老者的身躯却似等待着风的召唤般，缓缓化为青烟消逝了。

"安息吧，前辈。"一笑收起手杖，支撑着身体，"莞尔，一切都过去了！"

陆
六

易肖舍命独登台
拨云见日真相白

"也许这个你想留着。"看着逐渐恢复气力的莞尔，一笑伸出手来，一枚发着暗光的玲珑玉佩出现在掌心。

"这是？"莞尔不解地问。

"老者死后留下的。"一笑平静地答道。

莞尔接过玉佩，仔细端详了起来。翠绿色的玉佩晶莹剔透，映着阳光看去，仿佛积攒了许久的怨气终于散尽发出诱人的色泽，再看玉佩本身，正面刻有"望春"二字，反面则刻着"肆"。莞尔似乎突然明白了一些，眨着双眼，陷入了沉思。

"如此，那老者果真是四代掌派意念的化身吗？或者说是怨气久久不能散去，凝聚在这玉佩当中？"莞尔还在猜测。

"莞尔姑娘，难道你一直没有注意到老者，不，四代掌派的用意吗？"一笑卖着关子。

"用意？"

"不错，用意，四代一直在暗中帮助我们，至少可以说几番暗示我们。"一笑补充道。

依然摸不着头脑的莞尔流露出疑惑的神情。

"可是，那老者招招狠毒，想置我于死地啊！"莞尔抱怨道，想起刚才的一幕仍然心有余悸。

"莞尔姑娘，你真是聪明一世，糊涂一时。倘那老者果真要取你性命，完全可以直接用探月针杀掉你，何必白费心机一招又一招？"一笑耐心地解释着，"于我更是如此，棋局虽扰乱了我的心智，那时正是杀我良机，而四代却迟迟未出手，至于蓼茗替我挡下的一击，现在回想起来，不过只会重创元气，要不了命的。"

提起蓼茗，莞尔方才乱了手脚："师姐！师姐她怎么样了！"

"莞尔姑娘莫要着急，我已经替她打通了九脉，休息片刻便会无恙。"一笑边说边指着躺在不远处的蓼名。

看到熟睡的师姐，莞尔长出了口气。

猛然间，莞尔好像想到了什么，突然起身，厉声道："打通九脉？易肖！你怎么会武功？原来一直以来你都在骗我们！"

被这么直接地质问，一笑一时间说不出话来．嘟嘟囔囔了半天，摆了一个不置可否的表情，慢慢从嘴中挤出几句话来："莞尔姑娘，我并无恶意，只是人在江湖身不由己，时机成熟，易肖定如数相告！"

"时机！易肖，说得轻巧，几次三番师姐和我为了救你险些送掉性命，你那时不但不出手相助，还一嘱文弱书生的样子。如今险情已去，一句身不由己就想打发我们？"莞尔越说越气不打一处来。

"莞尔，我……"

莞尔白了一眼易肖。

片刻，易肖吞吐道："个中隐情实难相告，但易肖决无有意欺骗两位之心，只是需要些时间，弄清楚一些事情，到时，易肖定悉数转告，还望莞尔姑娘不要再三追问。"说着，易肖抱拳，作了一个请求的动作。

盯着一脸无辜的一笑，莞尔恍然间莫名惆怅．不知想笑还是想哭，因为易肖、自己和师姐都险些丢了性命，而最后自己和师姐却又是被易肖所救，真乃造化弄人！

良久。

"一……一笑哥，"莞尔终于开口，打破了僵局，"不是我有意责怪易大哥，只是我们本要赶去救师父，却因为易大哥耽误了这么久，至少也应该告诉我们你也是习武之人。"

"是，是，是，莞姑娘教训的是。"看到莞尔消了气，一笑挠着头，连忙赔着不是。

长久的沉默。

"一笑哥，现在我们该怎么办呢？"莞尔终究不是心胸狭隘之人，看着四周的环境，莞尔无暇追究，反而开始考虑三人的出路了。

像莞尔一样，一笑环顾四周，开始琢磨下一步的计划。

这太虚阵法是破掉了，但是，一切又回到了从前，依然三面环山，依然是那墓室大门，与此前相比，只不过门大开着，森森然，似猛兽的血盆大口，时刻准备吞噬擅闯墓室的人。

"莞尔。"

不远处，蓼茗醒了过来。

"师姐！"看到清醒的蓼茗，莞尔赶忙走了过去。

"莞尔，我死了吗？"蓼茗还以为这是梦。

莞尔没有回答，瞪了一笑一眼，道："你问他，都是他干的好事！"

蓼茗丈二和尚摸不着头脑，看着一笑。一笑耸耸肩，尴尬地道："我们，我们脱险了。蓼茗姑娘，其实，其实我会……"

"其实这坏蛋会武功！"莞尔不依不饶，抢先一步道。

不料蓼茗疲惫地笑了下，道："一笑哥会武功，我早就知道了。"

这次轮到莞尔摸不着头脑了，道："什么？师姐早就看出来了？"

"哪有书生上山不输给武生的？"蓼茗接着道："自从我们进入武陵古墓以来，我便观察着一笑哥，这攀岩的身手，遇到强敌从容的心态，棋艺中流露出来的兵家常识，从任何方面看都像个习武之人，只是他隐藏得很好，我不敢确定而已。"

一笑暗自吃惊。

"只有一点我不明白，很多次我们遇险，一笑哥却迟迟不肯出手，难道是要看着我们姐妹去死吗？"蓼茗略带愠怒。

"这……"一笑似乎有苦难言，忙转移话题，"两位姑娘肯帮助易肖寻找父母大人的遗体，易肖实在感激不尽，就算让易肖去死，易肖也不会眨一下眼睛，只是这其中原委，易肖着实难以相告，请两位姑娘放心，到时候自会明了。"

看着一笑此般真诚，蓼茗挥挥衣袖，大方地道："也罢，想必一笑哥也是有苦衷的，只是下次再遇强敌，烦劳出手相助。"

"这是自然，这是自然。"一笑忙道。

"对了，一笑哥，你师从何门？"蓼茗道。

"这……"一笑咽了口口水。

"算啦算啦！这家伙一肚子坏水，哼！"莞尔耍起性子来。

一笑看着莞尔，无可奈何地笑了起来。

风吹过，有陈腐的气息，那墓室似在召唤一般，一阵阵阴风打扰了三人的谈话。

"话又说回来，如今，我们只有进去了？"蓼茗看着墓室石门问到。

"只有如此了，船到桥头自然直，边走边看吧。"一笑也不确定。

就这样，三人简单收拾行装，一笑打头，顺次进入了墓中。

再说蓼茗，重伤初愈，走起路来依旧不那么稳当，而莞尔此刻又好像陷入了沉思中，恍恍惚惚地跟在队伍后面，只有一笑还算正常，手持火把，在前面带路。

不知道走了多久，通道似乎没有尽头，连空气都努力配合着压抑的气氛，变得稀薄起来。

通道中，没有任何声响，只有人的脚步声回荡在耳畔，火光摇摇曳曳，忽明忽暗，指明着前行的道路。

"师姐。"莞尔突然开口。

"怎么？"蓼茗忙着走路，头也不回地问。

"我觉得师父的死另有蹊跷。"莞尔道。

"何以见得？"蓼茗停下了脚步，待莞尔追上，并肩前行。

"太虚阵法中，师姐昏迷了过去。"莞尔道。

"然后？"蓼茗问。

"然后那老者指着我说死在自己门派的最高武学下，也不枉此生。"莞尔边回忆边说，"老者指着我，大喊'探月针'，紧接着一道鸿光袭来。"

"鸿光？"

"对，鸿光，与师父遇害时的一模一样！"莞尔情绪有些波动。

"你的意思是？"蓼茗问。

"本门最高武学，只有师太级别往上的人才会的啊！"莞尔解释着。

"你在怀疑师太？"蓼茗一语道破。

话音至此，前面的一笑也停了下来，回头道："莞尔，凡事要有根据，不能武断，如此恐怕要吃亏的。"

听到一笑的话语，莞尔道："一笑哥，我也只是想想，师父遇害，那么突然，鸿光过后，凶手也随之消失，连背影都没有看到。我只是不想放过一点点的线索。"

"莞尔，也难怪你会这么想，想必师父对你定如父母般。"一笑安慰着，"这样一来，我们更要快点从这墓室中出去，易大哥答应你，这事结束后我陪你们一起上天山！"

"一笑哥！"莞尔竟一阵感动，嘴上应着，心中仍回想着鸿光。

蓼茗却是皱皱眉，心想："这倒好，又扯进来一个人。"

谈话过后，三人继续朝墓室深处走去，一种不安的感觉却越来越强烈。

墓室门大开着，对面的岩壁上，一字排开的黑衣人肃杀的眼神盯着幽黑的墓穴深处，一个手势，所有的黑衣人闪入了墓室，死死跟住前面的三个身影。

这通道的尽头，赫然出现两具石棺。竟没沾染丝毫灰尘，就像常年有人照看一般。石棺上刻着奇奇怪怪的文字，令众人费解，既不像墓志铭，也不算是什么咒语，只是，这扭扭曲曲的文字，多少增添了诡异之感。

"这……"一笑道，"该不会是……"看到那石棺，一笑不自觉地想到了父母大人。

"等等，一笑哥！"看着一笑就要冲上去，蓼茗急忙劝阻，"莫着急，我觉得有古怪。"

"什么古怪？说不定父母大人的遗体就在里面！"一笑愤愤地说。

"一笑哥，石棺就在面前，不必急于一时，"莞尔开口了，"这么长的通道，尽头竟然只有两具石棺，于情于理都说不过去。况且从一开始众多阵法遍布墓中，我担心这又是什么局，还是谨慎为妙。"

一笑不是糊涂之人，闻此言，方才觉得事有蹊跷，道，"莞姑娘言之有理，只是当下我们要如何？难道就在这看着石棺？"

"这……"蓼茗接过话语，"静观其变。"

这句话根本就是无奈之下的言语，此时三人也不晓得如何是好，唯有等待。等待毕竟不是办法，然而动却可能招致杀机。此情此景，进退两难，动静维艰。

就这样僵持着，人盯着石棺，石棺等待着人。

突然，三人背后通道深处有暗器袭来，电光般划破黑暗。却说这暗器来势凶猛，颇有致命一击的感觉，说时迟那时快，警觉的蓼茗一个影步闪在当空，挪出半个身位，手脚并用推倒了另外两人，只见那暗器贴着倒下二人的脸颊划过，径直钉在了一具石棺之上！

险！

不待三人喘气，又一波暗器从黑暗中飞了过来。上次一笑吃了苦头，这次当然有所防备，四代的杖还在手中，于是转身，顺势那么一抢，借助内力挡下了其中一枚暗器，被挡下的暗器，叮凌哐当地掉在了地上。而其他的暗器仍旧犀利地飞来，此刻的莞尔只有躲避的分，眼看着暗器就要刺中咽喉，突然心生一计，以最快的速度微微低下了头。

惊！

一个动作，却收到了奇效，这暗器"当"的一声击中了莞尔的护额，弹飞出几尺之远。莞尔如此的举动害的蓼茗一身冷汗，暗想："也只有莞尔这样的人，才会想出这种乱来的方法。"

然而想归想，自己都还是泥菩萨过河，那剩下的暗器，嗖嗖飞来。

蓼茗想徒手接住暗器，若能接住，根据多年行走江湖的经验，凭借力道也可以判断出这放暗器的人究竟有多少能耐，知己知彼才是上策。

然而，让蓼茗始料不及的是，这暗器速度之快，根本不给自己出招的时间，手刚探在半空，暗器便冲破黑暗飞了过来！

"糟了！"蓼茗道。仓促俯身，那暗器凌厉地划过腰际，擦过血肉，刺断了束带，钉在了另外的一具石棺之上。

"还好是外伤。"蓼茗暗自庆幸。

"师姐！"莞尔拉着一笑，向蓼茗靠过来，"这地方怎么会有人放暗器？"

"墓穴中暗器不足为奇，"一笑压低声音说，"可怕的不是暗器，而是人！"

"没错，"蓼茗道，"更可怕的是背后暗算！"

"师姐的意思是有人跟踪我们？"莞尔担忧地问。

蓼茗摇摇头："不知道，也可能触动了机关。"

"这鬼地方！"一笑骂道。

"我看一切还得从长计议，暂且离开这里为妙。"蓼茗说出了想法。

二人附和。

说也奇怪，自从那一波暗器掠过，幽黑的通道内再没有大的声响，只有气流涌动的声音，呼呼地不停，惹得三人浑身不自在。

既然决定了离开，一笑重新点燃熄灭的火把，道："事不宜迟，赶紧动身吧！"

两姐妹站了起来，正要挪动脚步，身后一个诡异的声音传了过来。

"既然来了，何必急着离开？"

一笑愣住了，手间颤抖，火把不觉地掉在了地上，余火瞬间散尽，周围忽然变得一片漆黑。

这声音，仿佛穿越了千年，又一次在耳畔响起。

"徐奉。"一笑心中喃喃。

只一刹，周围通明了起来，悬于四壁的火盆照亮了一切，映着三张惶恐不安的脸。

"呼，"一笑喘了口气，平静地道，"这么多年了，该来的终究会来，想躲的却始终躲不掉。"然后转身，死死盯住石棺旁边的人。

"哎呦呦，老朋友，"石棺旁的人开口了，"这么久不见，还是老样子啊。"

这样的腔调，莞尔听来就心中生厌，开口道："你又是那里冒出来的？鬼鬼祟祟！"

"小姑娘，闲事还是少管为妙，要不，会死人的！"石棺旁边的人将食指放在唇边，作了一个安静的姿势。

"你！"莞尔像受了气般，抽出银针就要发作。

一笑一把拉住莞尔，道："莞儿！莫要动手！"

"哈哈哈！"石棺旁边的人又笑了起来，"看来，你好象还没有告诉她我究竟是谁呢？"说着，眼睛眯成了月牙，似笑非笑地望着姐妹俩人。

"一笑哥？"蓼茗道，"这是……"

"他就是徐奉！"

"你的仇人？"莞尔道，"来得正好，省得易大哥去找他！"

"哎，我说易肖啊，堂堂一门之主，竟和两个小丫头混在一起，传出去恐怕有辱名声！"徐奉没有理会莞尔，径自对易肖说。

"一门之主？"

蓼茗莞尔异口同声道！

此时的一笑却是看着石棺旁的人，一语不发。

"哦？"徐奉开口了，"我说易堂主，你们好像不太熟悉啊！你还有多少事情没有告诉她们呢？"

"这点你不必操心！"一笑低语，"既然躲不掉，我们之间的恩恩怨怨，今天作个了解吧！"

"了结？笑话！"徐奉道，"你配说这话？杀父弑母的不孝子！"

这几个字眼仿佛深深刺痛了站着的人，易肖身体陡然抽动了一下。

"在姑娘面前说这话真是太失礼了，"徐奉阴阳怪调道，"就让我来告诉你们易肖的从前吧，你们会有兴趣的！"

"你敢多言一字，当心我要了你的命！"一笑道。

"哎呀呀！你的脾气真是不减当年！"徐奉讥讽着，"你们可知易肖生母是谁？"

"住口！"一笑厉声道。

"他的生母可是望春阁鼎鼎有名的人物呢！"徐奉补充道。

"徐奉！"一笑抢身一步，一道青影划过，以匪夷所思的姿态直取徐奉要害。

"轰！"石碎之声。

"老朋友，看来你很担心她们知道你母亲是谁啊！"掩身石棺后的徐奉嘲笑道。原来这徐奉早已经闪身石棺之后，利用石棺躲掉了一笑的杖击。

没有过多理会，一笑一步晃到石棺附近，跃至当空，待看得见徐奉身影时，劈头盖脸又是一杖！

谁知这徐奉身影矫捷，却似女子一般，腰躯稍作扭动，霎时间竟难以分辨是杖在追人还是人缠绕着杖。倒是一笑，没料到徐奉这招，死命地挥杖，身后留出了大片空当，只见徐奉猫着腰，四肢着地，像野兽般忽而跳到一笑身后，突然伸出右手！

寒光闪过，莞尔清楚地看到，那分明是野兽的爪子！

四道血痕出现在一笑的背上。

"易大哥！"莞尔惊呼。

"喊什么也没用了！"徐奉怪叫到，又一次伸出血淋淋的爪子！

寒光再次闪过，只是这次闪在一边的换成了徐奉。

远处的莞尔喘着粗气，暗自念叨着，寒冰针的架势还未曾收回："好，好险。".

"哦？寒冰针！"徐奉拍了拍衣襟上的尘土，"真是越来越有意思了，对吗，易肖？"

易肖倚杖起身，背后的爪痕浸出了大片血迹。

"易大哥！"莞尔见状，便要上来止血。

谁知一笑手横在当空，示意莞尔不要过来，然后朝向徐奉："的确，徐奉，越来越有趣了。"

"那么，"徐奉笑笑，"你又能如何呢？"

"为彼一搏！"一笑道。

"为彼一搏……"徐奉回忆着，"那可是会死人的。"

"少啰嗦！"易肖大喝一声，解去了染血的上衣，露出了一直穿着在内的行装。

那一刻，莞尔蓼茗震惊得说不出话来。

只见一笑猛地甩手，那杖飞向了徐奉，而自己却是在徐奉避杖的空隙，闪身来到了两位姑娘身旁。

"莞尔，蓼茗，倘若易肖此番劫数难逃，两位姑娘的恩情，只有下辈子再报了。如果侥幸活了下来，定悉数告知一切。"

话音方落，易肖竟没了踪影。

抬头再看徐奉，易肖却站在了徐奉旁边。

"师姐，那是……"莞尔惊诧万分。

"没错，那是望春影步！"蓼茗答道。

"我母亲的仇是时候报了！"一笑倾身，在徐奉耳边低语，同时抽出了藏于袖中的骨针。

"是吗？"话语未落，徐奉却又闪在了一笑的身后，食指轻轻一甩，顿时一笑腰间抽搐，动弹不得。

"真是自负的人！"徐奉开口道，"不过你和你娘惊人的相似呢，那股子蛮劲，以为学了一招半式就想怎么样，哎，如今还不是像笼中之鼠一样，被我玩弄于指间。"

说着，徐奉目中无人地坐在了地上，眼睛上挑，目光掠过一笑僵直的身体，道："为彼一搏？我呸！当初你娘就是喊着这句话死去的。"

"也罢，跟个将死的人没什么好说的，易肖，下去和你父母大人相见吧！"话毕，徐奉站了起来，右手挥至当空，那野兽般的爪子再次浮现在众人面前。

"易肖，到死你也是个窝囊废！"随着话音的起落，五道爪痕竟然在空气中划出了轨迹。

几行鲜血顺着力爪的轨迹洒在了石棺之上，然后缓缓流下，在石棺的边缘汇集，随之滴答地坠地，后终于凝固，附着在石棺表面，发出阵阵腥味。

"怎么？"不远处徐奉跪在地上，右手颤抖不止，指尖不停地流着鲜血，气急败坏地喊道，"明明封住了你的八脉！没道理还会动的！"

"徐奉，有些事像你这样的人永远不会明白。"一笑渐渐拉开距离，道，"我娘为了我爹和我的性命一搏，几多牵挂才会中你阴险招数，如今我无亲无故，无牵无挂，怎会再次倒在你阴招之下？"

话虽如此，徐奉的功力着实不可小觑，刚才那点穴的手法虽然给一笑看破了，但腰身所受重击却是不假。一笑此刻嘴上镇定，实则腰上疼痛不已，只能用内力暂时压制着疼痛。

"哼，可笑！"徐奉按住不停出血的手，自语道，"自以为是的家伙。"

"你真的以为强过我吗？"徐奉支起腰身，道，"本想让你死得干脆些，可你偏偏要给自己惹麻烦，也怪不得我了！"

只见徐奉大喝一声，陡然伸出右手，血淋淋的爪子就那么横在当空："这利爪！……"话还没说完，一道剑光闪过，那血淋淋的爪子便被砍了下来，掉落在地上，抖动几下，终于平静了下来，又一片血渍，从断裂处流淌了出来。

"留着它还有什么用？"徐奉扭曲的脸露出狰狞的笑容。

一笑哪里料到徐奉竟自毁右手，暗自吃惊在旁："多年没见，徐奉变得如此冷酷，于人于己都这般残忍！"

"哼！"一阵阴柔歹毒的笑声，"你想玩吗？易肖？"

"你变得罗嗦了，徐奉。"易肖沉着地说。

不远处的徐奉并没有再次开腔，右臂肆意地流着鲜血，左手不知何时多了一把柳月寒刀，映着徐奉阴沉的脸。

突然，徐奉抢去一步，闪在石棺之后，道："只是这天地镇法，你玩得起吗？"

余音刚过，天地变色。

几道内气从徐奉指尖逼出，又诡异地散去，随着食指的转动，两具石棺剧烈地震动起来。

来不及多想的一笑，影步退去几尺，眉头紧锁，双眼却死死盯住石棺。

"你要怎样面对呢？"石棺后一阵可怖的话语。

声音方落，石棺刹那间停止了震动，之后轰然一声巨响，顶盖破碎开来，厚重的尘土之后两个黑影蠢蠢欲动。

"天地无物！"一笑回忆着四代掌派的话语，自嘲到，"我一笑是什么角色，天下四大镇法竟然让我碰到两个。"

尘土散尽，石棺中的黑影终于渐渐清晰了起来。

一笑凝神，哪知这一眼望去，招来的竟是肝肠寸断般的痛苦。

石棺中并非它物，正是苦苦寻找多时的父母大人的木像！

棺后的徐奉依旧没有现身，指尖逼出的内气却多出了几成，内气过处，机关木像摇摇摆摆地走了出来，"易肖，你不是在寻你爹娘吗？你爹娘就在这掩馆之下的黄土中，只是这掩馆中物，你可曾识得？"

"爹……娘……"一笑撕心裂肺地喊了起来，多年的思念，长久的寻觅，在这一瞬凝结成了无尽的泪水喷涌了出来。

一笑再也无法坚持下去，跪倒在地。

而就在此刻，走出石棺的机关木人关节突然动了动，竟如在世之人般灵活。

徐奉指尖的内气继续着，两个机关木人变得躁动了起来。

突然，躁动变成了暴怒，风驰电掣般地冲了过来。

　　两招过后，根本没有防备的一笑被高高掠起，然后重重摔在地上，口中渗出了鲜血。

　　久未作声的师姐妹觉察出了端倪，在机关木人再次出招前，顾不得一笑不让帮忙的嘱托，莞尔瞬间横在中间，拦住了机关木人的去路，蓼茗趁机掩身一笑身边。

　　"你们应该听说过幽离吧！"一笑艰难地开口，"那便是我娘！"

前尘往事·柳月寒刀

　　辛巳年，洛阳城郊。

　　北天有异样，耀目火球悬于万丈高空，三日不散，夜如白昼，人心惶惶，至四日火光渐暗，终坠于城北郊县，地表裂变，振聋发聩，暗坑突现。洛阳城主广发英雄帖，邀天下能人志士共赴暗坑探查。

　　"今日广结天下英雄至此，正是为了此事。"洛阳城主道。众人顺势望去，不远之处，偌大一个暗坑，坑四周的草木均已焦黑，而股股黑烟从中冒出，"不知谁人识得此物？"

　　"天降异物，祸乱人间，恐非吉兆。"洛阳镖局总镖头率先开口，"数年前，天山之巅，百里村寨，夜空异象，后有邪物坠于村寨附近，导致疫祸横行，死伤无数，这'天山次难'想必望春各位前辈记忆犹新吧。"

　　"镖头此言有误众之嫌。"看着众人纷纷点头，望春三代掌派开了口。

　　"哦？愿闻其详。"

"天山次难，确实发生在天降异物之后，但并非主要原因，天山村寨，长久阴冷潮湿，疠气滋生，瘟疫的爆发实为必然，当年天降异物，引发大火，融化雪水无数，加重了湿气，这才是疫病突发的主要原因。"三代解释着，看着大家沉默不语，三代接着道，"况且，天降之物也不一定是邪物，本门玄叶掌派当年在长白山找到的长白之灵，难道也是邪物不成？"

"三代所言甚是。"闻此言，镖头不再言语。倒是天山慕土掌门接过了话语。

"哦？慕土掌门，千里迢迢至此，不胜感激，不知可识得此物？"城主追问。

"恕在下浅薄，不知此为何物，只是当年天山疫病之事，还要多谢望春三代和少林掌门，救我天山村寨于水火。依我愚见，此物也许并非邪物。"天山慕土掌门作揖。

"阿弥陀佛，慕土掌门宅心仁厚，不必见外，况且众生有难，少林、望春救死扶伤，乃大义所向。"少林方丈言道，"只是在场的各位，竟无一人识得此物？"

众人面面相觑，一时间再无人言语。

良久。

"此物名曰'陨铁'，乃天赐之物，幸哉幸哉！"人群的角落，突然传来一个声音。

"辟邪子！"方丈惊讶道，"果然大事不生，辟邪不出，幸会幸会。"

"哈哈哈，方丈、三代多年不见，老夫有礼了。"辟邪子倒不见外。

"我来给各位引荐一下。"三代掌派微笑道，"这位是辟谷派宗师辟邪子，大漠赫赫有名的铸剑师，不过隐退江湖多年，说起来，和我师门玄叶掌派是同辈，我还得尊称一声'前辈'。"

　　"三代掌派过谦了，玄叶何等人物，当年打造长白之灵着实让人大开眼界！"辟邪子娓娓道来，"老夫云游四海，路过洛阳，见天有异样，不请自来，还请各位恕罪恕罪。"

　　"前辈哪里话，既识得此物，还望赐教！"城主开了口。

　　"不敢当，此物源自九天之外，历寒冰斗烈焰，汇天地灵气，终聚为此物，坠于大地。"说着，辟邪子竟一下跃进了坑中，伴随着众人诧异的眼神道，"若老夫猜测没错，应该在……"

　　他话语声戛然而止，但摸索的动作却未曾停止，烟气中一番折腾，最终从坑中觅得一物，道："果然如老夫所料，这可是打造神兵利器的宝贝。"

　　众人循声望去，但见辟邪子抱着盆钵大小的东西，周身乌黑，虽然被焦黑杂物包裹，散发着浊气，却阻挡不了本身幽幽凌厉的寒光。

　　"这么个东西？竟然能够打造神兵利器？"城主率先开口。

　　"城主无忧，此物于春止冬寒，于夏纳春雷，于秋斩夏雨，于冬化秋霜，可普救苍生，消灾驱邪，只是……"

　　"前辈有何顾虑？"

　　"只是天地万物皆阴柔相济，福祸相倚，神兵铸成，若善加利用可造福苍生，若被狡诈之人施左道之术，恐天下大乱。"

　　"此言甚是！"众人附和。

"此外，"辟邪子打量着手中的东西，思索片刻，言道："这东西的分量仅够打造两把利刃，其中一把还不能有刀鞘，实在是可惜了。"

"依前辈所见，该当如何？"城主问道。

"当今武林，少林普度众生，望春救死扶伤，将利刃交与他们，方能服众，老夫也落得安心，不知在场各位意下如何？"

见到众人没有异议，辟邪子小心翼翼地将手中之物包裹了起来，言道："事不宜迟，老夫这就返回西域铸剑，剑成之日，无鞘之刃唤作柳月寒刀，交付少林方丈，另一把有鞘之刃唤作九转还魂刀，交付望春三代。"

临行时，辟邪子皱了皱眉，转身道："三代掌派，借一步说话！"

蓼茗静静回忆着"幽离"，片刻，道："你是说七星清离草看护使幽离？"

"没错！"

"可是师傅说她早已离世？"蓼茗不解地问。

"哼！"一笑不知为何发笑，"清离！"

如此藐视自己师傅的言语惹得蓼茗心中阵阵不悦，暗自道："莫非幽离师太和师父有什么恩怨？"

然而，此刻并非说话之际。两个机关木人步步紧逼，横在当中的莞尔感到了巨大的杀气和压力，自离开望春阁，此等压迫之感还是头一次遇到，直逼得肺部不适，呼吸急促。

突然，一具机关木人影步袭来，竟诡异地绕到莞尔身侧，指尖灵动几下，兀自闪出银针一枚，手法丝毫不输给现世之人。

架势一出，蓼茗顿觉不妙，大喊："莞尔，当心！"

深暗"寒冰针"的莞尔只一眼便看出了门道，不待多想，同样影步遁身而去，扯开了和木人的距离。这"寒冰针"施术贵在"狠、准、稳"。讲求最短距离最少时间给对手致命一击，身为堂主的她不敢小视这样的狠招，对其破解之法也了然于心。越是来势凶狠的招数，破解之法越为简单，那便是"短、平、快"。以更快的速度拉开距离，运用长距离招式破之。

但是，莞尔尚未领悟"踏雪针"，谈何远距离？此时，也只有尽量拉开距离，不受伤害而已了。

一轮招式过后，木人并未罢休，影步又一次发动。莞尔不敢怠慢，用同样的步伐应付，只见两个身影纠缠在一起，卷起漫天灰尘。

蓼茗甚是急躁，却又疑惑不解，木人为何只使用"寒冰凝露针？"若是木人以易肖父母生前所练武学打造，凭借师太生前的造诣，踏雪无痕针也不过弹指间而已。

正疑惑着，莞尔扭曲的身体狠狠地砸了过来，蓼茗没来得及躲闪，被撞倒在一边。

木人不依不饶，摇摇摆摆地挪起了步子，双手都搭上了银针，那股杀气，倘在空旷之地，可以逼走方圆一里的灵性之物。

突如其来的撞击，蓼茗头脑发昏，而莞尔却是伤势不轻，血流不止，昏死在一边。待到蓼茗定睛，木人竟朝姐妹二人举起双手！

那种姿势，一笑猛然间反应过来，连滚带爬地冲向了木人。

可是，一切太快，一笑还没近身，木人的双手便落了下来，淡淡鸿光愈发明亮，照着蓼茗那张惊恐的脸。

千钧一发之际，一笑顾不上趔趄倒地的身体，疯狂地击出一掌。

也许这一掌起了作用，高举双手的木人瞬间僵硬了许多，一阵剧烈的痉挛过后，定在原地，一动不动了。

木人的举动出乎了徐奉的意料，于是猛地调息，一阵内力流注，指尖的内气喷涌而出。

唯有等待，蓼茗和一笑谁也不敢妄动，双眼死死盯住木人。

寂静，无边的……

倒地的莞尔，抽动了一下，却没有逃过蓼茗的视线，看到师妹尚存生机，师姐慢慢挪动身体，一边提防着木人，一边靠近莞尔，短短的几步，却似经历了很久。

莞尔就在眼前，蓼茗俯身下去，正欲开口，没料莞尔抖动的手艰难地指向远方。

与此同时，徐奉喷涌的内气仿佛起了作用，片刻前还僵在一边的木人要挣脱禁锢般，又一次剧烈地痉挛起来，只是这次换作了两具木人一起抖动！

"怎……"一笑呆住了，一个机关木人尚难对付，何况是两个。蓼茗没做多想，闪到一笑身旁，嘀咕几句，瞬间影遁，没了踪影。

却说这两个机关木人痉挛过后，如同重获生机般，行动迅捷了许多，交叉影步前行，手中银针吐露着锋芒，快速移动之下，锋芒拉做长长的一道银光，向一笑逼了过来。

"影步回春！"一笑呆在原地。这回春的步法，亦攻亦守。

片刻，代表幽离师太的木人近了身，双手合十，银针捻于掌心，瞬时就要发出，一笑怎样也无法再对木人施招，向后移动几步，发动影步，突然，双脚动弹不得，如同灌铅般钉在原地，紧接着膝盖沉重的砸向地面，也失去了自由。

此刻的一笑跪在地上，没有了影步的躲闪，整个身体完全暴露给了敌人。一笑慌了，多年涉险江湖，从没有如此狼狈过，这种控制物体的招式也从来没见过，该如何是好？

犹豫的一瞬，再看木人，竟然不知何时闪到了身后，侧弓步起招，合十的双手渐渐分开，一手一针，抬向高处，猛地变换手型，狠狠地朝一笑的两肩刺去！

此时的一笑，如同待宰的羔羊，任凭对方摆弄，就在银针刺向双肩的一刻，借助尚且自由的上半身，一笑回头，望着幽离师太的木人，只一瞬，木人背后的人，却让一笑顿然醒悟！

银针已然刺入肩骨，钻心的剧痛使得一笑渐渐模糊了双眼，卉顶脉，一笑明白，这是让人逐渐丧失意志的以针入脉之法。

然而，为时已晚，针一入骨，如同一道内气般，打乱了体内原有调和之气，内气紊乱，一笑只觉胸口一闷，便倒了下去，只能勉强撑开眼皮，看着木人再次抬手，蓄势出招。

"原来如此，"一笑心想，"这回春步法影步当先的人不过虚张声势，影步拖后的人才是命门！代表父亲大人的木人定是利用回春步的迅捷，不知何时闪在了自己身后，用银针封住了自己下盘，双脚才会有如灌铅，当时自己太过注意前面的人，忽略了后者。"

代表幽离师太的木人缓缓移动着，最后停在了一笑身边，扬手起招，鸿光缓缓凝聚。

"鸿光！"一笑不觉喊了出来，难道这就是是姐妹口中的那道鸿光？

不待多想，木人脸上没有一丝表情，高举的机关右手劈了下来！

一切都结束了，一笑这样想道，曾经多次嘲笑那些不敌回春步法的人，没想到自己今天竟然也倒在了这步法中。

千钧一发之际，蓼茗突然现身，已然站在两具掩棺之上，双手抱握在一起，又猛地向前散开，随之而来的一波银针就像数道闪电一般，全部冲着正在施招的徐奉飞去。

这次的徐奉，无论如何也是没有防备的，如此突然的进攻，难免不会吃亏，徐奉刚有觉察，银针便通通袭来，冒着寒光的无数银针，不像兵器，倒是像数枚飞石般，一股脑砸了下去。

徐奉一皱眉，轰然一声，烟尘四起，被埋在烟尘碎石中，这股强大的冲击力，竟连施招的蓼茗也被荡开几许，也许这击，蓼茗本来就是在玩命。

烟尘中的徐奉不明生死，扬手起招的机关木人却停下了动作，远处的蓼茗起身，理理衣襟，弹去尘土，长喘了一口气，心有余悸："还好赶上了，看来莞尔是对的，要制止木人，首先要打倒、至少要阻止施招的人。"

烟尘久未散尽，蓼茗却不敢怠慢，火速遁身一笑身边，从木人身下拉出了一笑，蓼茗举目一望，木人捻针的手已经接近一笑眉心了："好险！"蓼茗暗想。

巨大的撞击声似乎唤醒了即将昏迷的一笑，一笑强忍着剧痛，双唇颤抖着，似乎想说什么。蓼茗没有过多理会，只是熟练地将一笑双腿放平，用娴熟的手法拔出了不知何时刺入一笑膝盖的银针。

"这种力道，"蓼茗想，"区区木人，在内气控制下还有如此力道，银针几乎全部没入膝盖之中，可见速度之快，难怪一笑大哥会中招。"另一方面，蓼茗也在深深地担忧着，能够内气操作机关木人的徐奉究竟是什么人？

简单的救治，一笑的下盘有了知觉，只是刺入双肩的银针难住了蓼茗，蓼茗伸手抹了抹一笑肩膀的伤口，顿时惊呆了，难道？

"一笑哥，你忍住！"蓼茗仓促道。

一笑此刻哪能言语，微微点点头，示意了一下。二话不说，蓼茗单手一挥，数根银针并成一排，勉强凑成刀片的形状，另一只手扶起一笑，娴熟地在一笑的双肩划出两道一寸长的口子。

一笑哪里知会是如此，痛苦地喊了出来。

蓼茗虽不忍，却又没有其他的方法，抓紧时间抽出银针，探入了伤口中。这不探不要紧，蓼茗瘫软在了一旁。

"分筋错骨针！"

一笑看着蓼茗，似乎想得知结果，蓼茗迟迟不肯开口，心想："分筋错骨针这招式，由于巨大的内力作用，在进入身体的一刻，便粉碎成末，可以说，不是针刺入体内，而是灰尘！"

一笑还在等待，就连呼吸都变得急促起来。

"针入身体尚有实体可寻，但是粉末打入身体，便难觅其踪，这些粉末会在体内随着人的七经八脉流转，最终会聚龙骨一脉，龙骨者，死脉也，汇聚之时，会阻挡了全身经脉流转，也是在那一刻，中招之人会七窍流毒而死。"蓼茗不敢再想下去。

一笑望着蓼茗，越发地急迫，颤抖的双肩，不能自己的双手，却努力做出想要伸向蓼茗的动作。

蓼茗偷偷抹去泪水，努力装出没有什么的样子，急忙扶住一笑，道："一笑哥，不过伤及内气而已，调息几日便可无事。"

话语一出，一笑如释重负般，扬起的头也缓缓放下。看着一笑哥安然躺下，蓼茗想起了昏迷的莞尔，快步来到师妹身边，竟然惊喜地发现莞尔已经醒来了。

"师姐，"莞尔道，"一笑哥不会？"刚才的一幕，莞尔已经看在眼里，心中也充满着担忧。

蓼茗没有说话，却深深地叹了口气。

"莞尔，你没事吧？"蓼茗话锋一转，似乎在逃避话题。

"只是撞击了下，没大碍的。"莞尔道，蓼茗点点头。

此时，只顾谈话的师姐妹，完全忽略了远处久久不散的烟尘。

"师姐？那是……"莞尔不解地问。

被莞尔这么一说，蓼茗也警觉起来，于是师姐妹双双起身，渐渐靠近烟尘。

"师妹，还记得太虚阵法中飞至空中的石砖吗？"蓼茗突然问道。

"师姐的意思是？"

"没错，烟尘浮空，久久不散，其中必有古怪。"蓼茗坚定道。

两姐妹缓缓靠近烟尘，双手不自觉搭上了银针。突然，烟尘中出现一团黑色，越发浓烈，逼了过来！蓼茗顿觉不妙，道："闪开，莞尔！"可是，话语未毕，一只攥紧拳头的手狠狠地击了出来。不偏不倚，正中莞尔胸口，顿时，一阵强烈的呕吐感袭来，莞尔趔趄几步，向后倒了下去。蓼茗见状，正要影遁，谁知面前的烟尘中又一阵黑雾，接踵而来的拳头同样击倒了蓼茗。

随后，烟尘瞬间散尽，空气清新得可怕，一个身影缓缓出现在两姐妹身前——徐奉。

"啧啧啧，真是的。"徐奉一贯的腔调，"我还真是大意啊，让个黄毛丫头钻了空子。"

师姐妹没工夫理会徐奉，大口大口地喘着粗气。

"我以为望春阁都是庸才，今日所见，才晓得也有那么一两个勉强凑得上席面，"徐奉顿了顿，"可是，你们为什么要掺和进来！"

不知为什么，徐奉突然恼怒，吼了起来："难道你们想死吗？"

说着，左手凌空向莞尔做拿捏状，失去右手的右臂朝蓼茗高高地举起。两姐妹的身体突然像被束缚了一般，回头望去，不知何时机关木人已经扼住二人脖颈。

"为什么这么多事？一个易肖值得你们为他去死

吗？"徐奉吼着。

两姐妹哪里说得了话，自保尚且困难。

"哼，也罢，你们想玩是吗？"就在莞尔快要憋死的时候，徐奉突然转变了态度，收回了双手。随之莞尔突然间呼吸顺畅，蓼茗也豁然坠地。

莞尔憋红的脸渐渐有了血色，蓼茗也站稳了脚步，静静地看着徐奉。

谁知这徐奉不攻反退，远远地闪在了一旁："那么，接下来？"

说完，右手伸向两姐妹，挑衅般高举空中，指尖内气慢慢逼出。

"糟了！"蓼茗大喊"莞尔！"

莞尔会意，影步闪出好远。

机关木人再次动了起来，似乎意犹未尽般，继续凝聚着鸿光。

"师姐，快阻止她！"莞尔大喊。

蓼茗心里明白，倘若让木人放出鸿光，姐妹两人必死无疑，毕竟，师父都没能逃脱那道鸿光！

说时迟那时快，"寒冰凝露""踏雪无痕"瞬间放出，通通飞向正在起招的木人。谁知徐奉挥动左手，第二股内气喷涌而出，代表易肖父亲的木人，急速旋转着身体飞了过来，完完全全挡住并化解了两拨犀利的针气。

"怎么？"莞尔诧异。

"清离七星！"蓼茗也惊住了，"那招是清离七星，一笑的父亲该不会是望春阁……"

"没错！"话还没说完，徐奉抢过话头，"易肖的生父就是六门遁甲神兽守护使！"

一切变得莫名复杂，蓼茗和莞尔听罢脑中混乱不堪，这是怎么一回事？难道一笑还有什么没有告诉他们的？他究竟在隐瞒些什么？

"很意外吗？"徐奉道，"只可惜，你们不会知道了，也没机会知道了！"说罢，内气流注，指尖的内气竟然变成了黑色！

两个机关木人仿佛受到什么刺激般，关节紧固，木臂爆裂，而移动的身法丝毫不逊从前。

这次换作代表易肖父亲的木人在前，代表母亲的木人拖后，回春步法的起势准备完毕。

蓼茗见势退往莞尔身边，道："这步法命门在拖后之人，要破此步法，只要留意后面的木人就行。"

莞尔低声说："如今之计，只能如此了。"

话音刚落，两姐妹背靠背站定，蓼茗面对着两个木人，莞尔小心翼翼地留意着师姐的身后。双方架势都已搭好，一攻一防，徐奉勾勾食指，内气盘旋而上，两个木人影步冲了过来，虽说回春步法命门在后，但是面对代表易肖父亲的木人，蓼茗不敢有丝毫怠慢，于是握拳，指缝间备好银针，交叉挡在眼前。

木人将至，又如上次一样急速旋转了起来，宛若一股旋风，盘盘区区地转了过来，漩涡带动周围的一切，一时间飞沙走砾，蓼茗不得不微闭起双眼。

眼看着漩涡就在眼前了，沙尘却迷糊了蓼茗的双眼，就在蓼茗闭眼的一刻，旋风后的代表易肖母亲的木人影遁不见了。背后悄然没了气息，莞尔屏住了呼吸，静静地观察着周围的一切，有那么一刻，莞尔面前气流涌动，木人就在附近。

身后的蓼茗许久才勉强睁开双眼，却惊讶的发现旋风离自己越来越远了，移动了一段距离后，旋风消失，代表易肖父亲的木人站在了那里，手竟然指着自己。

一刹那间，蓼茗右肩麻木，片刻就失去了知觉。

"怎么？"蓼茗不敢相信自己的眼睛。

"师姐！"莞尔觉察到了师姐有恙，回头道。

也是在莞尔回头的空当，代表幽离的木人不经意地出现在姐妹二人身边，反身就是两掌，将两人分开。

莞尔连滚带翻地扑倒在一边，蓼茗也重重摔在了另一侧。

还没来得及起身的莞尔，面前一阵清风袭来，突然胸口一阵剧烈的震感，鲜血从口中喷住，甚至没有看到木人的身影就被高高地被掠起到空中。

"好快的步法！"倒下的一瞬，莞尔心里想道。

代表幽离的木人随即出现在莞尔中招的地方，双手缓缓落下，收招。再看蓼茗，右肩的麻木并没有使她慌乱，相反更加注意保护自己的左臂，影步瞬身，闪在莞尔身旁。

"师姐，这是？"莞尔不解地问。

"不碍事，"蓼茗左手捂着右肩，道，"我们大意了，回春步法的命门的确在后，只是拖后的人不一定就是发招的人。"

莞尔似乎明白了什么，道："难道幽离师太的木人拖后是为了吸引我们注意力？"

"在旋风刮起的一瞬，针已放出，我们根本没有警惕前面的人！"蓼茗叹道。

说也奇怪，莞尔受了如此重击，却只是一阵胸闷，并无大碍，蓼茗道："莞尔，刚才那一招，你避开了？"

师姐不问则罢，这一问莞尔也觉得蹊跷，实实在在的一击，非但没有重伤，甚至连伤处都没有什么异样。莞尔的手不禁伸进了自己的衣襟，四代掌派的玉佩滑了出来，莞尔会心一笑，道："原来是它！"

蓼茗拾起玉佩，端详了起来，偌大的玉佩竟然没有丝毫损伤，只是在正中留下了针刺的痕迹，蓼茗暗想："能够挡住师太那一针，这块玉佩定不是一般货色。"

于是递还给莞尔，道："也许你我命不该绝，四代在九泉之下还在帮助我们，吉人自有天相！"

莞尔收起玉佩，不禁一阵后怕："还好玉佩替自己挡下了那针，一点的攻击被分散成一个面，若非如此，自己早就休矣。"

两个机关木人的再次移动打断了姐妹两人仓促的谈话，易肖父亲的木人就那样硬生生地站在原地，急速旋转了起来，而幽离师太的木人虚掩在旋风之后，提手凝气，鸿光缓缓聚集。

"还是来了，"蓼茗道，"莞尔，切莫大意！"

莞尔嘴上连连答道，心中却没有丝毫底气，多次看到鸿光，却没有一次见识过它的威力，这种极想见识却又怕面对的心情，怎能让人安心。失去右肩的蓼茗只能架起防御的姿态，而莞尔"寒冰凝露针"早已蓄势待发。

面前的"两人"挑衅一般，丝毫没有在意两姐妹，一笑生父的木人高速旋转，用飞沙走砾掩护着幽离师太的木人凝气。

双方僵持许久，幽离师太的木人有了动作，手中的鸿光越来越浓，最终汇聚成为一点，本能的将一点鸿光握于掌心，霎时，旋风急速移动过来。

沙石随着旋风在空中狰狞，两姐妹根本睁不得眼。

"快退！"蓼茗知道情况不妙，大喊道。

莞尔腿脚尚且灵便，扶住师姐便要影遁，谁知那旋风突然改变了方向，追随影遁而来，就在姐妹二人即将遁身的时候，易肖父亲的木人跃出了旋风，一招锁喉，双双封住了两人的咽喉要道。

控制住脖颈等于控制了身体，当下姐妹二人动弹不得，只能就范。

一道内气流注，强大的压力迫使师姐妹跪在了地上，又一道内气，两人的头被高高地抬起。

随着头的扬起，两人的目光也投在了远处。只见幽离师太的木人凝气已毕，侧身立于远方，透过紧握的拳头，依稀可见血般鲜红的闪光，那一点鸿光仿佛要挣脱束缚般，拼命地向外蹿。

更远的地方，徐奉缓缓走来。双手指尖仍旧逼迫着内气，随着人的前行，黑烟向后散去，那样子却是分外的古怪。

"人的生死上天早已注定！"不知怎的徐奉突然冒出一句，"二位又何必强求？"

莞尔、蓼茗还在痛苦地挣扎着。

徐奉说着，猫起身来，一脸的不屑："从踏入古墓的一刻，你们的命运就已经决定了，那就是死亡。"

两姐妹眼巴巴地盯着徐奉，无可奈何。

　　"我来帮你们结束这份痛苦吧！对了，临死前，还要麻烦二位帮我带个话，若是在下面遇到幽离，转告她，都是一笑的错，可别来找我啊，哈哈……"

　　说着，徐奉挥舞双臂，狰狞着面庞，掌心微微发光，而掌背条条青筋爆出。双手的内气霎时化为一股，呼啸着向空中散去。

　　一笑生父的机关木人，应和着内气，牢牢的扼住两人的脖颈，而幽离师太的内气，攒紧了含着鸿光的拳头，影步遁了过来。

　　顺身到两人身边的幽离，猛然间张开攒紧的拳头，那鸿光霍的闪了出来。

　　这次，姐妹二人终于看到了鸿光的真正面目，只见鸿光闪现的一瞬，化为数千光束，宛若刀锋般，呼啸而来。鸿光过处，惊天动地，鬼神恸哭！

　　两姐妹终于放弃了挣扎，默默地闭上了双眼。

　　"再见了，"生命的最终，莞尔不顾一切地厮喊了出来，"一笑哥！"。

峰回路转鸿光尽
扑朔迷离现少林

　　眼看万束鸿光就要倾泄下来，徐奉却皱起了眉头，暗自纳闷："奇怪，这机关木人怎么在抵制内气流注的力量？内气不增反减，如果内气散尽前鸿光没有放出，岂不前功尽弃。"于是调息，又一次灌注了大量内力。

　　谁知这次的举动适得其反，内气刚刚涌入两个木人，木人便不安了起来，开始躁动！这种现象就连徐奉这样的布阵高手都没见过，只见扼住两姐妹的尸体突然松开了双手，霎时间像没了支撑一般，瘫倒在地，半空中的两姐妹倒在了地上，此刻，谁也不知道发生了什么，而莞尔和蓼茗却像抓住了救命稻草一般，趁此空当，仓惶爬向远方。正在出招的幽离师太木像，像断了线的木偶，两脚一分叉，瘫软在了地上，渐渐没了响动。

　　徐奉被这阵势吓到，生怕反常的情况对自己不利，于是扭动身躯，和两姐妹拉远了距离。

　　脱险的两人，捂着脖子喘了许久，逐渐缓过神来，定睛，徐奉远远地站在那里，而两个机关，横在他们当中。

　　恢复了气力的莞尔尚未弄清情况，只是转头看着师姐，而蓼茗也是一头雾水，望着莞尔。

　　另一面的徐奉哪肯罢休，暗自调息，以极小的动作试图再次控制木人，可是内气一出便被悉数挡回，甚至带有明显的侵略性，化解着流注的内气。

　　就在徐奉斟酌的一刻，莞尔一使眼色，蓼茗瞬间影遁，以迅雷不及掩耳之势闪现在了当空，交叉的双手握满银针，"踏雪无痕"爆发了出来。而莞尔则在原地，启动"寒冰凝露"针。当还在忖度的徐奉有所察觉的时候，犀利的银针已经袭来。

"糟了！"徐奉暗想，慌忙扭转身躯，以诡异的姿势勉强穿梭于银针之间的夹缝中。千万银针尽吐锋芒，已经躲避到极致的徐奉还是被刮花了衣衫，划破了脖颈。待锋芒过后，却也狼狈不堪了。

好汉不吃眼前亏，徐奉自是明了。弹弹尘土，强作镇静道："算了，你们苟且几日也罢，反正易肖也时日不长，哈哈，还是好好陪陪你们的易大哥吧。"话音刚落，手指一弹，面前轰然冲起一片白烟，人影也随之消失不见了。莞尔欲追，却被蓼茗死命拉住，师姐并未言语，只是摇了摇头。

烟尘散尽，预示着这番苦战总算挺了过去，伤痕累累的三人面对阴险的徐奉并未占到一丝便宜，相反置身于万般险恶之中，落得如此的凄惨。

终于，蓼茗再也忍受不住肩上的剧痛，扶肩跪倒在了地上。

师姐的举动吓到了莞尔，莞尔慌张地迎了上来。

"师姐！"说着师妹就要拔针替蓼茗疗伤。

谁知蓼茗一抬手，阻止了莞尔，道："伤及筋骨，不要再空费内气了，此战只有你尚且无恙，一番恶斗，我们三人耗费了大量内气，易大哥的情况你很清楚吧，想必已经无法再次运功，除了你谁可御敌……"

蓼茗的话并没有结尾，莞尔却已然明了，看看当下，叹了口气，也只好作罢。

"可是师姐，"莞尔道："只是这墓穴，我们如何出去？"

莞尔的疑问也是蓼茗的疑问，但是此时的蓼茗疼痛钻心，哪里来的心思考虑出路？只淡淡一句："徐奉走得掉，为何我们不能？"

不经意的一句话，却似点睛一般点醒了莞尔，莞尔皱皱眉头，陷入了深思。

良久。

"师姐，"莞尔道，"徐奉是遁走的吗？"

"何出此言？"蓼茗反问。

"师姐觉得徐奉遁走的手段比起望春影步如何？"

"望春影步是利用速度，影遁实际上只是人的幻觉，因为速度之快，常人的眼睛难以跟上此等速度，才有了人影消失的感觉，但是徐奉遁去却是借助烟雾，这个我确实不曾见过也不曾知晓。"蓼茗强忍着疼痛，简单地分析着。

"或许是土遁之术，之前我在少林寺见识过一次。"不知何时，一笑站在了两姐妹的身后。

"易大哥！"见到一笑清醒了过来，蓼茗甚是高兴，只是看到一笑无力地耷拉着双肩，心头一阵酸楚。

倒是莞尔，对于一笑清醒过来却没有那么兴奋，她害怕看到一笑的双肩，害怕面对易大哥可能失去双臂的事实。

"土遁？这……"莞尔接过话题，眼睛却朝向远方。

"没错，是土遁，悟色大师当时仅仅说了八个字'形成于物，动若脱兔！'。"

"易大哥去过少林？"莞尔心生疑问。

"没错，多年前的事了，当年悟色大师以武会友，邀天下之能士共赴少林切磋武学，其中天山一带以柔拳著称的慕土派曾经展示过易容之术、土遁之法，博得一片赞誉。"一笑细细回味着。

"那形成于物，动若脱兔又是什么意思呢？"蓼茗道。

"让蓼姑娘见笑了，当时易肖不过初出茅庐，名不见经传的小人物，那里体会得来悟色大师的话。"一笑尴尬的说。

"形成于物，动若脱兔，成于物，于物……脱兔……"莞尔嘴里嘟囔着，又陷入了沉思。

莞尔只有在深思的时候嘴中才会重复着字句。蓼茗心里很清楚，刻意不去打扰莞尔，相反转头朝向一笑，盯住一笑的双眼。

"蓼茗姑娘何故这种眼神？"一笑疑道。

"易肖，你是不是要好好解释一下？"蓼茗很少直接质问别人，看来这次蓼茗一定要问个所以然来，方才罢休。

"……"

"恕蓼茗直言，易大哥父母大人的遗体如今就在这掩馆之下，我们姐妹二人也没必要继续留在这里，但是为了易大哥，莞尔和我屡次身负重伤，于情于理易大哥都该告诉我们你的从前，可是你却一再隐瞒，这样不得不让人心生疑惑，甚至是敌是友的都开始莫辨起来。"蓼茗故意压低声音道。

"哎！"没想到易肖突然长叹了口气，道："如此，易肖也不必再隐瞒下去了，其实，当年……"

"师姐！"莞尔突然叫了出来，打断了二人谈话："我想到了！"

蓼茗皱眉，瞪了一笑一眼，轻声道："再做理会，易大哥不要忘记自己所说。"于是转头，向莞尔走去。

"师姐，还记得师傅传授我们望春影步时所念的口诀吗？”

莞尔迫不及待地念了出来：“影成于速，渡如流注！”

“这有什么联系？”蓼茗不解地问。

“师父他老人家曾说，影遁的秘诀在于速度，所以才说成于速，只要有了速度，才会像气体流注般迅捷。”莞尔道。

“然后呢？”一笑问道。

“我觉得悟色大师的话应该也是一句口诀，你们看，八个字和师傅所言相似，我觉得，多少可以推敲出点门道。”莞尔自信地说。

“依你所见？”

“形成于物，应该是说土遁如果要成功，必须借助外物，才能像脱兔般迅速，你们觉得呢？”莞尔反问道。

“莞尔姑娘言之有理，所谓万变不离其宗，恐怕就是这个道理。”一笑道。

“恩，或许吧。”蓼茗也觉得师妹所言极是，“既然是借助外物，又会是什么？”

“哎呀呀，你们以为是公堂断案啊，要一步步斟酌，这不是明摆着，隐遁需要烟雾嘛？”一笑有些不耐烦。

莞尔突然睁大了双眼，炯炯有神地盯住师姐，大喜道：“也许这烟雾就是关键所在！”

不待师姐和一笑反应，莞尔一步跃了过去，身影停留在了徐奉消失的地方。

抚摸地面，拭去尘土，莞尔会心一笑，道：“我们着了徐奉的道了，我看着土遁之法，也不过街头下三烂的手段。”说着，朝着地面狠狠一脚踩了下去。说来也怪，原本坚若磐石的土地变得脆弱不堪，只一脚，却似承受了万斤重量般，深深地陷了下去，裂口处的灰尘非但没有扬起，相反一股脑地全部被吸了下去。

"师姐，易大哥，我们下去吧。"莞尔道。

"下去？"易肖不解地问，"这洞颇诡异，深不见底不说，连外面的浮尘都倒流下去，凶险难测，还是谨慎为妙。"

"莞尔，贸然下去实为不妥。"蓼茗拍拍莞尔的肩膀，劝阻着。

"贸然？"莞尔解释着，"你们多心了，墓穴周围铜墙铁壁，徐奉若不是从这里遁去，会是哪里？再者，古语有云'倒流而入，两口相触'，正是指着这种情况，空气倒吸而入，洞的另一边必然有出路！现在不应该担心这通道是否安全，而应当考虑另一边通向哪里？是否安全！"

一番解释，蓼茗、一笑哑口无言，但心中颇为踌躇。蓼茗暗想："师妹态度如此坚定，恐怕考虑得很周全了，倘若料到下去危机四伏，莞尔如何也不会这般肯定。"

见师姐和一笑久久拿不定主意，莞尔毫不犹豫地跳了下去。一笑正欲开口，哪知蓼茗也纵身跟了下去，转眼间自己落了单，无奈地苦笑一下，挪步，只喊声"等我"便也跟了下去。

当三人的身影渐渐消失在洞中时，一行黑衣人围拢到了洞口，眼光相互投递着，并不言语，只作眼神的交流，片刻，也跳入了洞中，人已去，却留下了长久的杀机，这些黑衣人仿佛担心着什么，谨慎但不失残忍，从不贸然出现，却总在某些时候给予致命的打击，武陵古墓通道涌出的银针便是如此，险些要了三人的命！黑衣人又像在阻拦着什么，鬼魅般长时间跟随着三人，伺机行动。也许是担心同伴的安危，也许是为了稳妥。而不久之后，又一行黑衣人紧随其后，下入了洞中。

自下到了洞中，重伤的一笑和蓼茗便感到了这洞的可怖，渐渐恍惚了意识。莞尔虽然历经苦战，但经脉尚且顺畅，凭借着坚定的意识，尚可抵挡这无底洞的邪恶。三人坠落着，无穷无尽的，莞尔试图伸手抓住点什么，竟发现这漆黑的洞中有的只是一片虚无，狭小的洞口假象一般，下面竟是如此宽阔。莞尔闭上了双眼，感受着气流在耳边的涌动，气流充斥着双耳，嗡嗡作响，只闹得两耳轰鸣，头脑发胀，这倒也罢，最可怕的竟是这气流，逆反常态地从耳边向下划过，明明是在坠落，气流不上反下，平添许多烦躁。

不知过了多久，莞尔放弃了抵抗，努力感知着周围，直到确定师姐和一笑哥确实就在不远处，于是长舒了口气，"不如睡去！"心里打算着，终于，也涣散了意识，一并昏死了过去。

再次睁开眼睛的时候，一笑惊奇地发现一个稚气未脱的小和尚站在自己面前，于是撑撑腰杆，想说点什么，不料小和尚先开了口："施主总算醒了，惠觉等候多时。"

"敢问小师父，我在这里躺了多久了？"这是一笑醒来后的第一句话。

"日升日落有一轮回了！"小和尚一字一句地说道。

"一天一夜！"一笑惊呼了起来，"那么……"

"施主切莫多言语，我这就去禀告住持。"说着，小和尚转身要走，一笑无力地扯了扯小和尚的衣襟，岂料双手竟无缚鸡之力，衣襟从掌心轻易地溜了出去，一笑苦笑着，道："敢问小师父，我这是在哪里？"小和尚并没有回头，只是边走边吐出三个字："少林寺！"

三字入耳，一笑如释重负般颓然躺倒在床上，"呼"长舒了一口气。心里琢磨着："没想到洞的尽头，竟然是少林！这么说来，徐奉……"一笑不敢多想，却总是不能不想，心中越是烦躁，越是无心睡眠，索性支走双臂，想要坐起来。谁知这小小动作，引来了肩头阵阵巨痛！一笑又一次无力地倒在了床上，心中不安了起来："蓼茗只说伤及筋骨？怎会如此？仿佛这双臂不属于我一样，麻木，疼痛，难道她有什么没告诉我？不会的，蓼茗姑娘不是那种人。"

话虽如此，可一笑的神色仍很复杂，显然，这一番自我安慰并没有起到什么作用，看着自己的双臂，便会感到极度的不安，慢慢地这不安变为暴躁，这暴躁又驱使着一笑一定要撑起双臂坐起来，几番尝试后，终于承受不起剧痛人仰马翻，摔下了床去。没有手臂支撑，一笑的肩膀狠狠的撞在了地上，又一阵剧痛，钻心的。而这次，一笑放弃了挣扎，似乎因为痛苦连呻吟的气力都没有了，只是绝望的趴在地上，静静地等待，而心中似乎明白了许多。

就在这时，房舍的门开了，仍然是那个小和尚，抢在方丈前跨了进来，看到一笑的情形，马上跑了过来，搀扶起一笑。此刻的小和尚好像变了个人似的，先前的调皮全变做谨慎，小心翼翼地将一笑又扶到了床上。

也是在此时，方丈才缓步走到了一笑面前，双手合什，道："施主，老衲有礼了。"

一笑想说些什么，却全然没了气力，只得微微动动嘴唇，算作还礼。

方丈上前一步，示意一笑不要讲话，伸出右手便搭在了一笑的手腕之处："内气紊乱，急火攻天，经脉俱碎……"方丈的话似乎没有说完，却急忙抽回了诊脉的手，眉头紧锁，道，"施主好生歇息，老衲去去就来。"说罢，转身匆忙离去，走出房门时扭头对一笑道："对了，和施主一并发现的两位姑娘，尚且安好，若是施主的朋友，还请放心。"言过，人便离去。

一笑这才猛然想起两位姑娘，竟是万分地自责："亏我易肖堂堂男儿，却只在这里抱怨，全然忘记了两位姑娘，真是……"可转念又一想，方丈即出此言，想必莞尔蓼茗并无大碍，也就渐渐放宽了心。

良久，小和尚推开了门，方丈、莞尔、蓼茗相继入内，只不过方丈手中多了一檀木方盒，不待一笑开口，方丈道："施主莫动，此物名晚五，乃世间罕见药材，具起死回生之功效。"说着，便要给一笑服下。

"晚五！"莞尔心头一惊，"师姐！这不是师太口中的……"

蓼茗听闻眉头紧锁，却不曾言语，只是示意莞尔安静。

"晚五这味草药，虽说是起死回生的灵药，却引来无数厮杀，可悲可叹！"方丈说着，单手扶起一笑，将药喂了下去，观此景，蓼茗身子微微动了动，随即止住。

一笑早已没了气力，只是微微颔首，表示感谢，接着便躺了下去。

　　方丈挥手，示意大家都散去。蓼茗拉起莞尔，作揖之后，也快步从屋里出来。屋门上方"厢房"二字映衬着屋内摇曳的烛光，蓼茗心想："易大哥，一定要快点好起来。"

　　回到住处，蓼茗掩起了房门，压低声音道："莞尔，此事另有蹊跷。"

　　"师姐，我也有所觉察，方丈与我们素未谋面，即知晚五为天下奇药，多少人为了它争得你死我活，何以赠药给易大哥。"莞尔附和。

　　"这只是一个方面，"蓼茗道，"古墓中，我们跌入了洞中，后来模糊了意识，让我差点忽略一件重要的事，武陵源距中原一千多里，怎么可能穿过洞穴便到，此其一；其二，自打来到这少林寺，从未听闻晨钟暮鼓或是见到僧人习武诵经之状，只有方丈和小和尚两人一直在你我左右；三者，易大哥住处，门上'厢房'二字告诉我们这是少林寺内舍，女流之辈是不可入内的，方丈不但带我们进去了，还毫不避讳地与我们聊天，这些都太奇怪！"

　　闻此言，莞尔也感到诧异万分，皱了皱眉，道："有了，师姐，待我明日试他一试！"

抚琴寺中得晚五

荡古坡下有疑踪

次日，少林寺正殿。

"两位施主昨夜歇息得可好？"

"承蒙挂怀。"

一番寒暄后，蓼茗率先开了口。

"易大哥与我姐妹二人蒙难，感谢方丈施手援救，只是在这少林寺，从不闻晨钟暮鼓之声，也不见僧人习武诵经之状，这是何故？"蓼茗开门见山。

方丈顿了顿，心中已然明白蓼茗心中疑虑，却没有直面问题。

"敢问施主，望春掌派清离现在安好？"

莞尔蓼茗心中一惊。

"方丈何以见得我们是望春阁门人？"

"哈哈哈，你们三人晕倒在我寺中禁地，莞姑娘手中握着望春阁四代掌派的玲珑玉佩，于你三人调息疗伤之时，又发现这望春的内气，倘不是这深厚的内力护着你们，老衲也无法回天了。"

莞尔心想，眼前这人既然认得先师，绝非等闲之辈，接着发问。

"晨钟暮鼓，习武诵经之事？"

"近来寺中出了大事，达摩院、罗汉堂和般若堂众弟子都派出寺外了，现在只有慧觉留在老衲身边。"

"方才听闻方丈说到禁地，我等三人武陵古墓洞中遇险，怎么会跌至千里之外的少林禁地？"

蓼茗渐渐失去了耐心，一针见血地问道。

"这个，恕老衲不便直言。"

"方丈，既然认识我先师清离，想必也知道晚五这味草药，世间罕见，望春四代掌派为了寻得此药丧命于荡古坡，易大哥与你素未谋面，如今却不吝晚五相赠，何意？"

莞尔补充道。

"当年四代掌派来我寺求晚五，途经荡古坡，误入太虚阵法，殒命其中，说来惭愧，她的死老衲也有责任。"

"你说什么？"

蓼茗激动道，身旁的莞尔却一把抓住师姐手臂，耐住性子问道。

"敢问方丈，悟色大师现在何处？"

"悟色掌门安好，多谢姑娘惦记。"

方丈话音刚落，耳边嗖的银针划过，再定睛时，姐妹二人银针已然搭在手中。

"这是何故？"

"我姐妹二人出望春阁前，师太縻离曾说，晚五的行踪要去问问少林寺方丈悟色大师，悟色大师既是方丈，你又是何人？为何冒充少林掌门？"

说着，寒冰凝露，踏雪无痕就要发动。

"望春门人果然非同一般，今日一见……"

话音未落，银针咆哮似的向方丈飞去，说时迟那时快，方丈扭动着身躯，匪夷所思地避过银针，同时身影荡开数丈，急忙开了口。

"二位施主且慢，容老衲赘言。"

两姐妹哪里过多理会，一左一右压低身子就要出招。见状不妙，方丈却率先动了起来，只见方丈身姿妖娆，鬼魅般的滑行至两姐妹身后，这速度比起影步有过之而无不及，惊愕之余，方丈的手已经搭在两人的肩膀上了，只是这次，并未有杀招。

"稍安勿躁，二位听我解释。"

说罢，方丈又以同样的姿态回到了原地。

蓼茗、莞尔愣在原地，神情未定。

"师姐，这个步伐不会是？"

"没错，和徐奉如出一辙！"

片刻的安静后，方丈先开了口。

"二位施主，且随老衲来，我们先去看看易少侠如何？"

"易大哥？"

两扇房门缓缓推开，一笑出现在众人面前。

"两位施主，请便。"

方丈侧身，示意蓼茗、莞尔进屋，这不看便罢，一看之下，一笑竟然站在各位面前，左手按揉着右肩，似乎在舒活筋骨。

全然不像一个近废将死之人。

"多谢方丈救命之恩，易肖无以为报。"

看到方丈及姐妹二人进屋，急忙作揖，就要跪拜。方丈扶起一笑。

"不防事不妨事，易少侠大伤初愈，不可乱动。"

"一笑哥，你？"

蓼茗几乎不敢相信自己的眼睛，分筋错骨针就算是掌派也不能如此轻松地治愈，区区一味内服草药，竟有这般奇效。

心里琢磨着，顿觉师太让她们寻朝九、晚五，确有道理！

"如你所见。"

一笑摊摊手，同样一脸不可思议的表情。

"究竟怎么回事？"

久未言语的莞尔突然跃出，就要冲上前去。

一笑慌忙挡在方丈与莞尔中间。

"莞尔，你这是干什么？"

"一笑哥，虽然他是你救命恩人，但也绝非少林方丈，此地更不是少林寺，方才与他交手，所使武功与徐奉倒有几分相似，莫要被他欺骗！"

一笑回头看着方丈，满脸疑惑，倒是不紧不慢。

"方丈，可否讲明缘由，消我三人疑虑？"

片刻，方丈叹了口气，语气变得平和起来。

"也罢，这事要从四代掌派说起。"

听闻掌派之事，莞尔卸下攻击姿态，在蓼苕身边站定。

"望春与少林，在世人眼中，都是救死扶伤的正统门派，望春不收男，少林不收女，但行侠仗义，惩奸除恶，治病救人却是相同的。"

方丈转了转念珠，想必这念珠有些时日，黑中透亮。

"历尽千辛万苦，四代掌派打听到了朝九晚五的下落，当年为了完成望春先人的遗愿，来到了少林，身边还带着一个人，她的得意门生，幽离。"

"我娘？！"

一笑惊呼。

"没错，七星清离草看护使幽离，当年的幽离何等意气风发，年纪轻轻便习得望春最高武学探月针，老衲自愧不如。四代掌派和幽离在寺七载，始终无法寻得晚五，但坚韧之心悟色方丈全然看在眼里，直至那年端午，在大雄宝殿之上，道出了缘由。世上仅有五人知晓此事，悟色方丈、老衲、罗汉堂堂主、四代掌派还有幽离。原来，晚五并非它物，而是悟色方丈手中的念珠，一共十八颗，至于为何会有起死回生之功效，方丈并未多言，只是告诉我们，世间仅存十八颗晚五，为了避免纷争，才放出口风，说晚五是一味罕见草药，可遇不可求。"

莞尔眉目抽动，下意识伸手指了指。

"你手上的念珠，该不会就是？"

"没错，正是晚五。"

"这么说来，你不是少林方丈。"

"恕老衲隐瞒，老衲原本为悟色大师座下大弟子，司职方丈护法，手下罗汉堂达摩院高手云集，法号'无为'。"

"既然晚五仅有十八颗，无为大师手中的念珠从何而来，另外，此地即非少林寺，何以打着少林旗号。"

蓼茗紧接着发问。

"两位施主，且听我慢言。"

无为捋了捋胡子，继续说道。

"四代掌派和幽离在寺这些年，除了在少室山遍寻晚五外，依旧会在洛阳附近行医，幽离和易散堂堂主易云天便在行医中相识，易散堂是洛阳附近赫赫有名的医馆，除了医术了得外，武学也颇具个性，属于以守为主的小众流派，易散堂认为，不伤及他人便不违背医馆初衷，凭借一招行云流水，与敌周旋数百回合不在话下。打交道时日久了，幽离和易云天互生爱慕，私定了终身。"

一笑早已不知所措，母亲年轻时候的事，还是第一次听说。

"然而，望春素有收女不收男的门规，即便是二人情投意合，私定终身，幽离明白，易云天是无论如何都回不到望春阁的，于是决定暂且将此事隐瞒下来，待晚五有了下落，再向四代掌派负荆请罪。然而，事情发展并没有幽离期待的那般顺利，一晃七载，晚五丝毫没有下落，但与易云天之事，却被罗汉堂堂主知晓。"

前尘往事·清幽縻觅

清离草和风雨泽交汇处形成一道明显的界限，绵延而去，直通天际。在这界限的中点，一块无字碑孤单地立在那里，四代掌派站在一旁，默默注视着墓碑，而清离、幽离、縻离则跪在墓前。

"三年期限已至，是时候告诉你们一些事情了，"四代掌派言道，"若不是你们觅离大师姐去得突然，现在已是望春第五代掌派。"

"师父莫要悲伤，大师姐泉下有知，也不愿看到师父这般。"清离道。

"三年前，觅离忽染恶疾，身为掌派却无能为力，只能眼睁睁看着她日渐憔悴，望春救死扶伤无数，竟连门人都无法救治，"四代回忆着，"也就是在三年前的今天，觅离拖着将死之躯悄然离开，只为不再拖累望春。"

"所以师父才在此立下无字之碑，原来一直不愿承认大师姐的离世。"幽离开了口。

"没错，觅离离去这三年，我四处打听，竟无半点音讯，仿佛人间蒸发一般，世间之事，守灵不过三年，这三年就当作为师替她送行吧。"四代说着，拔出配剑，内气流转，就在碑上刻下"觅离"二字。

"这三年替觅离守灵，心神不宁，碌碌无为，耽误了很多时日，但也是在这段时间里，为师想明白了一件事，并且更加确信，觅离的悲剧不能再发生，二代、三代掌派未尽之事当由我们完成！"四代言道。

"师父所指，可是悬冰？"糜离问道。

"正是！"四代道，"长白之灵乃九天之物，二代掌派倾其一生打造悬冰，为的就是普救天下，只是釜鼎皆备唯缺内料，少了朝九、晚五两味药引，始终无济于事。"

话语声在此刻戛然而止，四代转身拂袖，从袖襟之中抽出一物，又望了望墓碑，叹了口气。

"望春弟子听令！"四代突然开了口，三人闻声跪下。

"此刃唤作九转还魂刀，自三代掌派起，一直被视为历代掌派接班人之物，今日将它转交给幽离，待时机成熟，正式接掌望春阁！"

"弟子明白。"幽离恭敬地接过刀刃。

"前代留下遗言，朝九、晚五有了下落，休整几日，你我同赴少林，这趟出望春，就当作对你的历练吧。"四代言道，"清离，你性谨慎，识大体，我和幽离不在的时候，当由你提领春秋堂，代行掌派之职，全权负责望春阁大小事宜。"

"谨遵师命！"清离道。

"至于糜离，当坐镇冬夏馆，看护悬冰，辅助清离。在内倾力相助，对外共同御敌！"

四代言毕，縻离一言不发，只是颔首。

"那就这样吧，清离、縻离，你们先回去，我还有些话和幽离交代。"

二人的背影渐渐消失在紫竹林畔，望着紫竹林，四代久久不做声。

"师父，我……"

"你是想问为何今日突然告诉你们这些吧。"不待幽离言毕，四代先开了口，"望春代代人才辈出，二代手下有十几个武学造诣奇高的弟子，三代掌派之时也有八人武学登峰造极，如今我掌望春数年，只有你们四个得意门生，你四人中唯觅离天赋异禀，却过早离去，这些年我一直处在深深自责中无法自拔，更无心经营望春，是我愧对历代掌派了！"

"师父莫要自责，这些年师父奔走江南，行医各处，救了不少人的性命，可谓劳苦功高，怎能说碌碌无为？倒是这掌派之职，清离师姐生性谨慎，武学造诣不凡，熟识派内一切事物，比我更能胜任，为何师父……"

"比起你和縻离，清离自然更能胜任，但她性格过于谨慎，望春这么些年，在江湖上太过随性，不争名不夺利，恰恰是这样，反遭他人觊觎，若是清离接任掌派，我担心她的性格会一让再让，这对望春来说并非好事。"

"那縻离师妹呢？师妹的毒经冠绝天下，当堪此任！"

"幽离啊，一代二代之间的争斗，你难道忘记了吗？"

"望春不幸，弟子不敢忘！"

"正是，望春不幸，数年前我曾有意解散冬夏馆，是縻离再三相劝，她向为师允诺，只修行冬夏馆毒经，重整冬夏馆，不再使用逆法行医。"

"将武学传承保留并去其暴戾，这是件好事。"

"虽是好事，但糜离太过孤僻，只醉心武学，常年闭关不出，不能胜任掌派之职。"

"弟子知晓了，今后愿跟随师父历练！"

"哎，"四代叹气，道，"只能委屈清离和糜离了，幽离，你切记，日后若因接任掌派一事发生变故，当以大局为重，望春数年的积淀不可毁于内斗！"

"弟子谨记。"

"你且随我来，关于九转还魂刀，还有件重要的是交代。"

"罗汉堂堂主，法号'去风'，性格乖张暴戾，老衲尚在少林之时，曾多次惩戒去风师弟，望他能磨平戾气，调教好罗汉堂，可是师弟的性格却始终不见改变。直到大雄宝殿那天，事情变得一发不可收拾。"

无为摇了摇头，陷入了回忆当中。

"当日，悟色方丈被四代掌派和幽离执念感动，决定赠与望春阁两枚晚五，但是晚五乃佛门圣物，必行仪式方可离寺，所谓仪式便是将念珠悬于宝殿之上，诵经祈福。除了老衲和罗汉堂堂主、达摩院首座，旁人不可接近。谁知就在诵经祈福之时，去风重伤悟色方丈，抢了念珠遁去，还留下一封书信，将幽离、易云天之事公之于众，现在想来，无非是转移大家注意力罢了。方丈大怒，责我疏于管教，命我追回叛徒及念珠。四代掌派还有幽离随我一起，追去风而去，直至武陵侧荡古坡下，也就是这里，去风不见了踪影。"

"无为大师，后来我娘和我爹如何了？"

一笑急切地问道。

"四代掌派得知幽离、易云天私定终身，自是气愤，但是幽离是四代最得意的门生，始终不忍逐出师门，于是决定废其武功，让幽离成为望春阁挂名弟子，就在银针刺入幽离脖颈的一刻，四代发觉幽离已经有了三月身孕。老衲至今还依稀记得四代当时的神情，内心也不知经历了多少挣扎才没忍下手。幽离自知对不起师父，但也无法割舍对易云天的感情，于是向四代掌派坦白了一切。而四代掌派也做了一个惊人的决定，就是让易云天成为望春阁六门遁甲神兽的守护使，终身留在神兽身边，保其平安，不得踏入春秋堂和冬夏馆半步。如今回想起来，四代的用意并非没有道理，望春阁六门遁甲神兽自从上一任守护使亡故后，一直没有合适的人选，易云天精通医术，行云流水的身法独步武林，做守护使再合适不过。"

日上三竿，阳光映着"厢房"二字悄悄地洒进屋来，无为转身望着外面的阳光，惆怅地说道。

"武陵侧荡古坡外，一晃数月，去风没有丝毫音讯，而易肖你却呱呱坠地了，四代掌派、幽离和易云天同老衲商议，去风一日不除，望春少林就不会有一日安宁，但你还是个婴孩，初涉尘世便要经历刀光剑影，你父母有诸多不忍，于是决定，由你父母送你回易散堂，老衲和四代掌派留在此处继续寻找去风下落。"

"后来呢？"

"你三人走后，我和四代掌派再次细细探查了荡古坡，不知三位可否记得晕倒在我寺禁地的情景？”

“当然记得！”

“不错，原来所谓荡古坡，其实就是武陵古墓连接外界的一段通道罢了，只不过这通道幽深晦暗，晦气横行，误入其中之人，轻则昏迷，重则身亡，其恐怖程度不亚于风雨泽。四代掌派告诉我，武陵古墓自古正门机关重重，外人不得进，去风想必是被追急了，从这荡古坡进入了古墓内，所以四代和我笃信去风一定还在古墓当中！后来四代掌派告诉我，让我先行赶回少林，向方丈秉明此事，她独自留在荡古坡外守候。”

“我星夜赶回少林，向方丈说明了此事，然大错已铸，晚五已失，方丈竟当着众人面将我逐出了少林。起初，我也不解为何方丈要逐我出少林，按照戒律院戒律，我当面壁思过三年才是，直到后来，我赶回荡古坡。”

“当时发什么？”

莞尔不解地问。

“回到此地，我看到四代掌派咳血在荡古坡下，尚存一息，慌忙取丹药给四代，然而四代掌派自知为时已晚，谢绝了，弥留之际，用微弱的言语告诉我，去风确实在武陵古墓之中，但布下阵法可怖，与之交手，四代没有占到任何便宜，反被重伤，幸得《清离心经》护体，勉强影步逃脱，出来前将意念注入玲珑玉佩留在墓中，希望可以指引后人破除阵法。”

听到这里，莞尔握紧了玉佩，此时此刻，这玲珑玉佩竟这样的沉重。

“也就是在取丹药的时候，无意间发现方丈留给我的书信，原来方丈猜到亡命之徒去风可能会从荡古坡进古墓藏身，而这里是从古墓出来的唯一通道，便命我在出口处建一座小寺，将出口围起，再设禁地，旁人不可接近，既然去风不愿出来，索性不让他出来，方丈表面逐我出师们其实意在派我暗地困住去风，不让晚五流落世间。"

"可是少林寺三个字？"

蓼茗不解地问。

"当日你们三人晕倒在禁地中，起初我并不知道你们的来意，于是唤慧觉换了牌匾，掩你们耳目罢了。如今，也没有必要再欺瞒三位了，这寺中上下只有老衲和慧觉两人。"

说着，无为唤来慧觉，将牌匾换了下来。

"本寺名为抚琴寺，我即非少林弟子，自知不能再打少林名号，但本寺源自少林，老衲又肩负悟色大师密托，还望见谅！"

说着，对掌行礼。

三人还礼过后，易肖望着窗外，若有所思地问道。

"抚琴寺？想必这名字有些来头。"

"不错，易施主果然眼光不凡，方丈在书信中说到，武学与音律形式虽则不同但原理相通，武陵源侧万物皆有生灵，唯独荡古坡内阴暗晦气，方丈命我每日抚琴三首，以润生灵，期待有朝一日灵性之物可以逐渐扫除荡古坡内晦气，封上出口。"

"原来如此。"

姐妹二人异口同声地道。

"然而，去风也发现了抚琴之事，曾数次妄图冲杀出来，在荡古坡内，我自知不是他的对手，但是，他若是出来与我缠斗，恐非我敌手。这念珠便是在数次过招中抢回来的，共十七颗。老衲曾差慧觉将念珠送回少林，但方丈却仅留下了十一颗，将其余六颗给了我，现在想来，也许方丈有他长远的打算。至此，我与少林再无半点关系，但求在这寺中，有朝一日能手刃去风，以报师恩。"

"可是无为大师，念珠少了一颗。"

莞尔一语道破要害。

"不错，少了一颗，老衲也曾猜想，去风在这荡古坡中来去自如，武学造诣颇高自不用说，除了掌握一些墓中命门外，应该是服用了念珠，有了晚五的加持，否则凭他一己之力，岂能布下如此厉害的阵法，夺了四代掌派性命。"

"命门？"

一笑突然想到了什么。

"是声音，去风应该是掌握了某种控制声音的方法，才能在古墓中来去自如，就像徐奉一样，凭空在我等三人面前消失。"

"易施主糊涂呀！"

不知怎的，无为大师突然长叹一口气。

"去风就是徐奉！去风背叛少林，擅自还俗改名徐奉，扬言对少林，不疾不徐、奉陪到底！"

一笑与莞尔听闻此言，震惊之余没缓过劲来，倒是蓼茗好像早就猜到一般，冷静地说道。

"无为大师方才说过易大哥父母的死和大师你也有关联？"

"哎，罪过呀。不知易施主还记得你爹娘是何时离你而去的？"

"当然记得，在我十四岁那年。授我回春步伐，又让我接管易散堂后，匆匆离开了。"

"十四年啊，幽离丧师之痛足足在心中埋了十四年，要不是因为你尚且年幼，你爹娘恐怕早就进入古墓寻徐奉去了。当年你爹娘二人执意要进入古墓为四代掌派报仇，却不知这十四个年头徐奉被困在墓中，武学精进了许多，而你爹娘为了抚养你，疏于习武，我担心他们不是徐奉对手，苦苦相劝，阻止他们进入荡古坡，徐奉再厉害，武学再精近，也不过凡人之躯，十四年都过去了，为什么不能再困他十四年？可是你爹娘执意如此，老衲未能劝退，他们的死，和老衲也脱不了干系。"

一笑顿了顿，言语似乎卡在了喉咙里，望了望无为，又看看两姐妹，终于还是开了口。

"其实无为大师也不必过于自责，十四年里发生了很多事情，听大师说了这么多，我似乎明白了爹娘执意进古墓的缘由了。"

"哦？"

"四代掌派死后，望春清离师太接任掌派，记得我还小的时候，爹娘带我回望春师门，却被清离拒之门外，清离与四代掌派不同，认为我娘和我爹之事有辱师门，万不能接受，遂将我娘逐出师门，至于我爹的守护使，清离根本没有承认过。四代掌派的宽容和清离的决绝形成了鲜明的对比，为四代先师报仇，或者说报恩的念头尤为强烈。"

说着，一笑哽咽起来。

"阿弥陀佛，缘深可多聚，缘浅随它去，易施主，你爹娘造化如此，还望节哀。且随我来。"

无为挪步，径直像屋外走去。姐妹二人连同易肖，跟在身后，不知无为这是作何。寺中几个转弯，一片竹林出现在眼前，这竹林说也奇怪，明明是翠竹却因浓密呈现深绿，轻微的风便会惊得竹叶沙沙作响，倒是应了抚琴寺清幽的景。

林畔，无为停住了脚步，回头对莞尔说。

"施主此番出行，可曾有护卫随行？"

"未有随行，大师何意？"

"没有随行？这就奇怪了。"

无为压低声音。

"前方这片竹林名为听语林，此间林木颇具灵性，聚武陵元气，现在起，各位慎言，让老衲带各位进去吧。"

言毕，无为调息运力，那鬼魅般的步伐再次出现，就在身体即将接近竹叶的一刻，茂密的竹林外围竟出现一条缝隙，一时间也分辨不出究竟是无为劈开了竹林还是竹林刻意避让着无为。

见到缝隙显现，三人不约而同发动影步，闪了进去。

四人站定，姐妹二人及易肖打量着四周。这竹林内外环境迥异，虽然竹节数丈有余，盘覆交错，直入天际，竹叶遮蔽了天日，但外部的阳光却穿透了竹叶的间隙，一道道光束径直落在四人身上，林内反倒显得明亮。只是这里没有一丝微风，竹叶之间不曾碰撞摩擦，静得有些不真实。

"易肖，去见见你爹娘吧！"

无为率先打破了安静，伸手指向不远处。

易肖心头一颤，目光顺着无为的指尖，最终停留在两口石棺之上。

"当日，你三人在荡古坡外晕倒，你爹娘的尸体一并崩出古墓，我猜想定是墓内发生过激烈打斗，太虚阵法被破，你爹娘尸骨才得以摆脱。幽离，易云天，这么多年，老衲让你们受苦了。"

无为言语中尽是自责，泛起了泪花。

嗵的一下，易肖跪了下去，眼眶红了起来。

"爹娘，不孝子易肖，终于找到你们了。"

说着，一头磕了下去，竟久久没有抬起。莞尔欲搀扶，却被蓼茗挡了下了，只摇了摇头。

"易大哥多年的心愿，如今了却，让他一个人安静一会儿吧。"

一边的无为抹去眼泪，转身示意蓼茗、莞尔借一步说话。

"两位施主，方才老衲让二位慎言，多有得罪，实为情形所迫，还望见谅。"

莞尔满脸狐疑，蓼茗也是眉头紧锁。

"这抚琴寺，多年不曾有外人进入，世人知之甚少外，还与这寺的周遭有关，立于武陵源侧，灵山秘水，沟壑纵横，本就和山中植被融为一体，远处很难用肉眼分辨，加之长久抚琴而对，寺中的灵性植物都有了意识，会自发地保护本寺，但是自从在禁地遇见你们三人后，情况发生了变化。"

无为抚了抚竹节。

"这听语林外之所以会沙沙作响，是因为它们感到了杀意。"

"杀意？"

"不错，难道二位没有发觉在这林内异常安静吗？"

无为不说还罢，这样一说，不由引得莞尔蓼茗环顾四周，密林织就，几人就像身处在倒扣着的鸟巢中一般，"巢中"静谧异常。

"这寺中听语林外还有其他人。我怕言多必失，所以引各位入林，此中交谈，声音是丝毫传不出去的，各位大可放心！"

"无为大师，难道是徐奉？"

蓼茗一边回想，一边发问。

"不，徐奉经历此番苦战，料得不敢再踏出荡古坡半步，二位姑娘再好好回忆一下，这一路走来，可有异常之处？"

莞尔习惯性地摸着自己的下巴，若有所思起来，突然想到了什么。

"大师，我与师姐初入古墓的时候，曾遭暗器暗算，当时以为墓内机关，没有多做理会，难道这暗器是有人为之？亦或是我们一直被人跟着？"

"老衲也不敢肯定，只不过听语林发出的沙沙声是不会骗人的，可我并未察觉到任何吐纳呼吸，这帮人若不是擅于隐藏的话，就一定是绝顶的高手。"

连无为这么厉害的人都无法觉察行踪，蓼茗头上一阵冷汗，想起当时在武陵古墓，真是半只脚踏入了鬼门关。

"当下之计，只能谨慎行事了。"

无为就近盘坐了下来。

"敢问二位施主，缘何出现在荡古坡？"

姐妹两人将先师亡故以及糜离师太嘱托之事悉数告诉了无为大师。

"哎，望春不幸啊，没想到这些年间望春阁发生了这么多事。西望春北少林，你二人也算和抚琴寺有缘，这两颗晚五，拿去救你先师吧。"

说着，无为大师卸下两粒念珠。

莞尔毕恭毕敬地接过念珠，同师姐一并作揖谢过。

"无为大师今日之恩，我姐妹二人必将牢记！还有一事，烦请大师指教！"

"但说无妨。"

"这普天之下竟有可以操纵木人的武学？"

"去风藏身此处多年，懂得此法不足为奇，况且还有晚五的加持，此外，谈及武学，古墓中你们与望春四代掌派的一番恶战，并非真实存在，太虚阵法以物为媒，以味为介，乱人心智，其情类似风雨泽内疠气，当年四代弥留之际，用所剩内气布下这太虚阵法，以玉佩为媒，以九天杖为引，意图困住去风，不料你三人误入其中，这九天杖乃望春特有乌木制成，所散气息扰乱三位意识，才有了今下的结果，"说着，无为指了指立在远处土堆里的九天杖，"这杖只有四代掌派驾驭得了，从今往后还是不要再随身携带了，我跟你们讲这些，其实是为了告诉你们，太虚阵法并不可怕，可怕的是去风所布天地阵法，他日如若再遇天地阵法，须万分谨慎！"

"原来如此，大师之言，定铭记于心。"

无为颔首。

"只是还有一事，老衲放心不下。"

言罢，起身望着长跪在地的易肖。

伏牛山间黑衣现
遁甲神兽险中求

无为踱步来到易肖身边，将手搭在易肖肩上，拍了拍。

"施主节哀，如今幽离易云天脱离徐奉魔爪，入土为安也算善终。"

"可是，没有手刃徐奉，父母之仇何时才能报？"

易肖紧紧攥着地上的泥土，颤抖地说道。

无为知道易肖心中之事难平。

"施主此言差矣，但听老衲一言。幽离和易云天当年犯了大戒，四代掌派却不忍废你娘武功，此中缘由想必施主心中明了，你的先辈们尚且能放下心中的怨气，为何施主不能呢？"

"无为大师，我娘是四代掌派最得意的弟子，四代掌派不忍废我娘武功，更不忍将我娘除名，这是情理之中的事。"

易肖辩解道。

"那么清离呢？当年清离逐你娘出师门，按理来说你娘应该怨恨着清离，与望春阁老死不相往来才对，但后来呢？你娘一心为了替四代掌派报仇，虽然不听老衲劝阻，执意进入武陵古墓，殒命其中，但即便不再是望春门人，你爹娘也从未记恨过清离，只是一时冲动，难掩丧师之痛，走错了一步罢了！"

无为走到两口石棺中间，用衣襟轻轻擦拭着石棺上的灰尘。

"你爹更是如此，为了你和你娘，从来不曾把仇恨二字放在心上，六门遁甲神兽守护使这个名头江湖上多少人想得到，但在你爹这里，清离不认便不认，名头没有便没有，谈笑间显得如此豁达，任何事都不及你和你娘在他心里重要。你爹娘尚且如此，施主为何不能放下？”

“大师，我……”

易肖一时语塞。

“况且徐奉已被困在墓中十四年，这十四年中，晚五悉数找回，曾经我也想过要亲手除了徐奉为少林除害，可这么多年过去，老衲也悟出些道理，杀了徐奉真的能平息众人怨气吗，亡者已逝，生者当明，倒不如再困他十四年，让他在外不得作恶，在内自生自灭，也算是对他的一种惩罚。施主，你平安成长，不为仇恨所累，这才是你爹娘最想看到的。”

一席话说罢，易肖心中迷雾似被拨开，对着父母的石棺磕了三个响头，起身道：“大师，是易肖愚钝，钻了牛角尖，多谢提点。”

“甚好甚好，那不知施主今后作何打算？”

无为这么问着，易肖才想到身后的姐妹二人。

“两位姑娘身负重任，却舍命陪我易肖蹚这趟浑水，如今我的事已毕，易肖当遵照前言，陪二位姑娘上天山！”

“好你个一笑，终于活过来了。”

莞尔突然冒出的这一句，惹得众人大笑起来，抚琴寺的气氛似乎也温和了许多，蓼茗看着莞尔，莞尔望着一笑，易肖自顾自地挠着头，只有无为在旁默默注视着三个少年，心里在想什么，恐怕此刻只有他自己才知晓吧。

“敢问三位施主，自望春阁出来已有多少时日了？”不待三人盘算，无为大师问道。

“已经二十五日了。”蓼茗忧心忡忡地回答。

“事不宜迟，三位尽快上路吧，悬冰九九八十一日期限并非谬误，昔日悟色方丈曾言，晚五易寻，朝九难觅，朝九是有灵性的草药，月圆而现，月缺而隐，以九日为一轮回，出现在世间，九数尽时万物归一，自然回转，起点终点界限不明，而这悬冰的作用就是在这八十一天内延缓起点、终点互易，这个起点和终点，便是世人眼中的生死。"

"原来如此！"三人同道。

"就让老衲护送各位出寺吧。"

说罢，轻扇衣袖，身姿扭动，听语林内缝隙再次显现。四人顺势撤出林外。林外竹叶依旧沙沙作响，回想无为所言，姐妹二人警觉了起来。

然而，除了这沙沙碰撞的竹叶，并无别的事情发生，再看无为，手中却多了一段新折的竹节。

"三位施主，此去凶险，老衲重任在身，不便远送，且以这竹节相赠，此竹节新采，灵气尚可存数日，可做预警之用，望这听语竹能保各位一时平安。"

"多谢大师。"

一笑将竹节别入腰间，无为又开了口。

"出了抚琴寺，一路向东，便可至洛阳城，洛阳繁华，三位施主可在城中修整几日，再北上天山。只是要到洛阳城，必经伏牛山，山间猛兽暂且不论，只两侧密林岩石就便于藏身，三位进入伏牛山，定行大路，并时刻留意听语竹，切莫贪近，误入了小路。"

无为再三交代着，不觉中四人已经来到了寺外。

"大恩不言谢！大师告辞！"

"阿弥陀佛。"

相互道别之后，无为目送少年消失在山间小路尽头，转身再次来到了听语林外，只是这次，竹叶没有沙沙作响，安静的令人不安，手中的念珠，也不自觉的攥的更紧了。

日升日落一个轮回，三人进入了伏牛山。

峰峦叠嶂、林海苍苍、流泉飞瀑、鸟语花香。环眺伏牛山，这是莞尔的第一印象，倘不是无为先前的一翻告诫，根本无法想象景色宜人的此地，会危机四伏。

"师姐，伏牛山连绵四百里多，翻越这伏牛山还不知道需要多少时日。"

莞尔抱怨着。

蓼茗知道师妹心中焦急，安慰道。

"在这山间总好过身处风雨泽，起码还有阳光，现在我们还有易大哥相互照应，情况比之前好多了，如今之计，咱们当循规蹈矩，尽快走出伏牛山脉。"

话虽如此，眼神却不自然的看向一笑腰间的听语竹节。

听闻师姐此言，莞尔好像想到了什么，回眸问道。

"一笑哥，你的伤？"

"说来也怪，这晚五着实厉害，加上无为大师调息，肩伤基本痊愈，但是活动尚不如前那般灵敏。只是这双腿，伤情本无大碍，自从服下晚五，逐渐灼热，有种用药过度的感觉。"

一笑摊了摊手，苦笑着。

"吉人自有天相，当时我还以为一笑哥这双手臂恐怕要废了。至于腿上的灼热，也许晚五药力异常强大，要不也不会和朝九并称于世。"

回想当初，莞尔一阵后怕，提到朝九，心头又不免一阵酸楚。

"哈哈哈。"

谁知易肖爽朗地笑了出来。

"我这双臂尚能保全，已经知足了，莞尔不必过于伤感，只是望春武学全凭双臂，这功力尚未恢复，恢复到几成恐难有定论，日后行事须更加小心，如再遇险，我怕连累二位。"

"易大哥莫要讲这话。"

话语不多，却温暖于心，三人相顾微笑，继续向山脉深处走去。

当密林逐渐褪去，错综复杂的花岗岩山体显现的时候，已经过去三个时辰了。

此时的三人困顿异常，口渴难耐。眼看着远处到了三叉道口，莞尔一屁股坐了下去。

"实在走不动了，歇一下吧，师姐，我们还有水吗？"

蓼茗摸摸腰间，麝皮的水囊空空如也。

"这可如何是好，山下流泉飞瀑，这到了半山腰俨然成了石头山，一滴水都见不到，再这样下去，不累死也得渴死。"

"我这还有一些，莞尔先拿去吧。"一笑说着，将仅有的水递给了莞尔。

"早些年家父外出行医也曾翻越过伏牛山脉，我多少有过听闻，半山的花岗岩逐渐蚕食大部分林木，挤占了溪流，但是却形成了很多甬道，比起大路，翻山走甬道会快很多，再者仰仗行云流水步法，二三日便可出去。"

"可是无为大师再三叮嘱不能走小路。"蓼茗抢先发问。

"我知道我们目前的情形，可是还有别的办法吗？走大路，少则十日，多则数十日，现在不但水没了，粮也快断了。"

易肖一边解释着一边指向腰间的听语竹。

"我们三人谨慎并行，依靠听语竹，走小路，且行且看吧。"

莞尔蓼茗不再言语，良久，莞尔望了望三岔口。

"也只能如此了。"

众人移步，朝着三岔口的小路方向前进，同往常一样，银针蓄势待发，蓼茗在左，莞尔在右，易肖则被夹在了中间。

却说三人正欲步入小道，搀扶着一笑的蓼茗突然感到一笑腰间阵阵异动，下意识地低头。

"不好，听语竹……"

话音未落，背后斜上方齐刷刷地一排暗器袭来，蓼茗一把推开易肖，毫无防备的易肖一个趔趄，栽倒了下去，而这排暗器似乎早有了目标一般，划过易肖眉宇，直入三人前方的土地，挡住了去路。

听语竹依旧在抖动，回过神的莞尔一个鱼跃，顺势一招寒冰针朝着来袭方向放出。

蓼茗回望，只见银针过处几个黑影瞬间消失，就像霎那间银针穿透了黑影一样，眼睛几乎跟不上这遁去的速度。

"师姐，这是影步吗？"

黑影竟然躲过了寒冰针，莞尔惊异地问道。

"又似又不似。"

蓼茗手捻银针，低声说到。

"这瞬身的步伐确实与影步有几分相像，但是速度却快了很多，我从未见影步可以如此之快。"

"究竟是何人，屡次暗箭伤人？"

回想起从武陵古墓到抚琴寺听语林，再到这伏牛山，莞尔愤怒地喊到。

然而凭空消失的黑衣人并未理会莞尔，只顷刻，又出现在几人的面前。

这次，三人终于看清了黑衣人的真面目，这不看还好，一看竟然是六个相同装束人，几近相同的姿势立于不远处！

易肖暗自揣摩，周身黑衣不露半点锋芒，目光冷漠难掩杀气深藏，这些人似乎在哪里见过。

不待三人过多喘息，黑衣人又一波暗器袭来，这次与其说是暗箭，倒不如说是明枪，正面出招，颇有几分挑衅的意味。

莞尔蓼茗哪里受得了这般羞辱，瞬间发动影步应战，身姿不觉间已经掠到半空。

"不好，师妹，快闪开！"

不知为何，蓼茗突然大喊。

待莞尔反应过来，为时已晚，这袭来的暗器哪里是什么兵刃，分明就是六道箭气，根本无迹可寻。

其中四道箭气呼啸而过，尽管姐妹二人使出浑身解数化解，依旧被重重的击中，在空中颠倒了姿态，轰然坠地。再看剩下的两道箭气，竟然朝着易肖的双腿飞去，还未曾有任何动作，箭气便钻入了易肖的膝盖。

易肖"噗"的一口黑血喷出，晕死了过去。

莞尔挣扎着起身，向易肖爬去，此刻的蓼茗也缓缓坐了起来。

说也奇怪，这六道箭气过后，黑衣人只幽幽的站在那里，并未再出手。

"你们究竟是什么人？"

恢复了气力的蓼茗问道。

眼前的黑衣人没有开口，眼神依旧直勾勾地盯着三人。

此时此刻，气氛诡静，只有易肖腰间的听语竹在微微抖动，传达着杀意，叶片虽然稀少，却清晰可闻，就这样姐妹二人也死死盯着黑衣人。

突然，其中一席黑衣人伸手指了指易肖的腰间，有那么一瞬，莞尔瞥到了黑衣人的手，铁青的肤色，尖利的指甲，野兽般的利爪。

经这么一指，黑衣人再次没了身影，而易肖腰间的竹节开始疯狂抖动，为数不多的叶片也相继掉落。

"要来了，师妹，不可大意。"

蓼茗自知这黑衣人的厉害，每一次黑衣人消失就代表着下一次进攻的开始，一面留意着周遭，一面叮嘱莞尔。

易肖仍旧昏迷不醒，而莞尔，早已指缝搭满银针，双手交叉举到眼前伺机而动了。这满针抬手的姿势，是望春阁武学中防御的最后姿态，蓼茗明白，能把莞尔逼到如此地步，确实是相当棘手的对手。于是背靠着师妹，压低身子，脚尖轻点地面，摆出了同样的招式。

顷刻，三人西北方一席黑衣从天而降，旋转着就朝几人袭来，与先前不同的是，并没有任何瞬身的招式，而是直接扑下来，速度之快竟看不清所使武器。

根本来不及多想，莞尔右手指缝的一排银针就飞了出去。

银针与黑影交错之时，电光火石，这身影外部好似有一层气流护着，悉数将银针弹开。但这寒冰凝露针也非等闲招式，被荡开的同时，黑影迅速退了回去，在半空砰的一声，化作黑烟不见了。

见到敌退，莞尔习惯性地摸摸腰间补充银针。以针为刃，世间本就少见，再者这针也非取之不尽之物，数日来消耗巨大，所剩不多了。

蓼茗似乎察觉到了莞尔的担忧，将师妹拉到身后，自己当先站在前面。

就在两人交换位置的时候。西南，地面的尘土变得不安分起来。夹杂着枯草落叶渐渐形成一股漩涡。

此情此景令姐妹二人难以置信，这漩涡当中，赫然一具黑衣，也随着枯草落叶一并旋转着。

突然，黑衣隐去，这漩涡却朝着姐妹二人的方向奔来。用奔来形容，一点不为过，漩涡扫过花岗岩体，夹杂着碎石枯木，噼啪作响，所掠之处，寸草不生。

眼看漩涡就要近身，躲避的本能让二人下意识地使出影步，搀扶起易肖，瞬出几尺有余，再看这漩涡，竟毫无顾忌的冲向了三人原来所处之地，一时间烟尘四起，飞沙走砾。

许久，尘埃散尽，这漩涡终点的花岗岩竟被扯开了一个巨大的口子。

"比起古墓中徐奉的阴毒，这些招式来的更加直接，招招想置我们死地。"

蓼茗盯着裂开的花岗岩，一阵后怕。

"天下武学，唯快不破，快到极致便无迹可寻。道理谁都懂，可出招之人毫无踪迹可循，如何破解，先西北后西南，这等怪异的套路，还有完没完。"

莞尔口中抱怨，心中却依旧不安。

"下次杀招，不妨试试东北方向。"

姐妹二人正在交谈，身侧传来易肖的声音。

"一笑哥，你醒了？"

"让二位担心了。"

易肖撑着身子，竟然站了起来，抹了抹嘴角的血渍，继续道。

"箭气入股，剧痛难忍，但只是阵痛，当下非但疼痛消退，连双腿的灼热也感觉不到了，甚是轻松，我也不解。"

"这就奇怪了。"

莞尔打量着一笑。

"先顾好眼前吧。"

蓼茗虽也不解，却无暇顾及一笑，提醒着师妹的同时，低声问道。

"易大哥方才说下次杀招提防东北方，可有依据？"

"只是猜测，不能确定，且观其变。"

随着易肖的加入，两人应敌变为了三人，姐妹二人连同一笑策应着，互为犄角之势，静静等待。

正东，一抹闪光在黑衣人掌心凝聚，这起式和探月针倒有几分相像。

"正东？"

一笑惊呼！

短短数秒，黑衣人吟唱结束，猛地握拳，那一抹闪光好像被藏于掌心，顿时隐匿了光亮，黑衣人撩起胳膊，将闪光抛了出来。

仓促间莞尔、蓼茗以针相迎，岂知这针可入物三分却奈何不了闪光。

眼见这闪光迫近，三人欲同时影步闪开，可这光的速度非比寻常，根本不给三人喘息之机，情急之下，莞尔一个鱼跃，扑倒在地，而易肖将出未出的影步竟然带他撤出数米，无恙地站在了远处，反而是蓼茗，本就背对着黑衣人，转头的瞬间，闪光炸裂在了面前。

随着"啊"的一声惨叫，蓼茗捂住双眼，跪在了地上。

再看黑衣人，招式已毕，就像和前两人约好的一样，又消失在了出现的地方。

"易大哥。"

看到师姐受伤，莞尔慌乱地招呼着易肖。

易肖瞬步至二人面前，调息运力，起手就封住蓼茗天应、四白两穴镇痛，冷静道。

"蓼茗双目已伤，此地不宜久留，莞尔且护好你师姐，不要再浪费体力，待我揪出黑衣人。"

说着便要起身，谁知衣角却被蓼茗死死抓着。易肖回头，蓼茗强忍疼痛道。

"敌暗我明，本就不利，这三次袭击越发凌厉，出招方向未知，我三人联手都无法抵挡，现在只剩易大哥和莞尔两人，易大哥腿伤情况不明了，招架尚无余力，切莫冒险。"

谁知易肖拍了拍蓼茗的肩膀，不多言语，嘴角露出一丝不易察觉的笑容，只是抚开拉着衣角的手，径自转身，顺势抽出腰间的听语竹节，背对着姐妹二人，摆出了持剑的姿态，嘴中念道。

"天、地、雷、风、水、火、山、泽；西北、西南、正东、东南……"

低语在"东南"二字出现时戛然而止，只见易肖挥动听语竹节，一运力，就这么凭空消失了。

再次出现时，只眨眼的功夫，东南方向，易肖和黑衣人已经你来我往两回合有余，同前三次不同的是，这次是近身过招。

招式还是望春阁的招式，而步法却大不相同。

莞尔暗自惊叹："易大哥这步法绝非影步，丝毫不输黑衣人，相反黑衣人似乎也没料到易肖能看破方位，还用如此之快的步法和自己缠斗在一起，渐渐显得有些力不从心。"

半空中的二人，身影交错。这黑衣人欲近身易肖便拉开距离，欲后撤易肖便上步紧跟，始终保持着一臂的距离，而所使迅灵的步法压迫着黑影，使其身影进退不得，招式自如不得。

眼瞅着局势胶着不下，黑衣人迟疑了片刻，眉目抽动。

"莞尔，就是现在，正北方向，已石代针！"

易肖不知为何，突然朝着莞尔大喊一声。

"已石代针？易大哥葫芦里卖的什么药。"

莞尔心里清楚，望春武学，至阴至柔，主张用阴柔之气催发银针，银针过处，风掠不惊，似水流痕。这也正是寒冰凝露、飞雪连影和踏雪无痕名字的由来。但以石代针，这细腻阴柔的针法会变得暴戾刚烈，面对黑衣人，正面硬碰硬，胜算几何实难预料！

碎石握于掌心，内气注入碎石，莞尔朝正北方向瞬身而去。行至半程，正北方竟然真的像易肖所言黑影凸现，手中捏着个葫芦。当下顾不得那么多，掌中碎石借着寒冰针的内气就爆发了出去，但碎石毕竟没有银针质地坚硬，在击发的瞬间，已然四分五裂，成了无数颗粒。

与此同时，黑衣人也有了动作，一如既往的快，只见葫芦被甩至半空，里面的水无规则的散落，稍作调息，这些水滴瞬间凝结成冰晶，朝着碎石的来向，就迎了上去。

冰石相交，只在片刻。激起的烟尘水汽遮蔽了两人的眼睛，碎石中充盈的望春内气融化了冰晶，而薄如蝉翼的冰晶以匪夷所思的形态又将碎石劈裂地更加细碎。一时间水汽和尘土，杂揉成泥，空中竟变得混浊不堪。

双招已毕，两人身影将近。这次黑衣人抢先出了招，抬手的瞬间，见识过冰晶厉害的莞尔，有意向相反方向瞬身，双手握石举过眉头，但这次四周的泥水并没有凝结成冰晶，倒是逐渐冒起了白雾，最终全部水汽消失不见，只剩下满天的碎石泥土，不断的扑打着两人的面颊。

趁此空当，莞尔搭石蓄力，借着尘土的喧嚣，几发碎石就追着黑影而去。

黑衣人凝结冰晶不成，却见碎石迫近，双脚点地借力，倾身闪在了一旁。

"影步？！"

莞尔呼喊。

　　绝对不会看错，这踩地借力的起式、瞬身移步的姿态、还有异于常人的速度，竟然是望春阁门人！

　　这遭过后，与易肖激战的黑衣人似乎也注意到了这边的情况，两具黑影相互确认了眼神，再次消失在三人面前。

　　易肖不敢怠慢，第一时间回到了莞尔的边上，拉住莞尔就撤到了蓼茗身旁。

　　"易大哥，刚才那是？"

　　"没错，是影步！"

　　莞尔话音未落，易肖肯定地说道。

　　"虽然不知来者为何会使用影步，但是这挓式我已知晓一二了。这应该是失传了很久的八卦阵法！"

　　"八卦阵法？"

　　莞尔诧异之余，想到了什么。

　　"先师尚在的时候，曾告诉我们，江湖四大阵法，唯独这八卦阵法最为阴毒，当年望春少林联手将阵法图焚毁，此阵法应该早已失传了才对。"

　　"莞尔此言甚是，八卦阵法是唯一一个由在世之人组成的阵法，阵法触发完全依照五行进行，仔细想想这几次的杀招，第一次由天而降，第二次从地而生，第三次抛出闪光。正是天、地、雷的顺序。"

　　"所以易大哥根据此判断才让我突袭正北方向？"

　　莞尔茅塞顿开。

　　"正是！"

　　"那为何要以石代针呢？"

　　"刚才我有言，第一次西北方向，代表天，招法从天而降；第二次西南方向，代表地，黑影从地而生；第三次正东，代表雷，所以才有伤了蓼茗的闪光。由此推断，正北方向，虽然我猜不破是怎样的招式，但用碎石见招拆招即便不退敌，自保断然无错！"

"我明白了，难怪第二次黑衣人没有凝结出冰晶，冰晶的凝结需要纯洁无瑕的水，混杂了泥土强行凝结只会带走大量热量，那白烟就解释得通了。"

莞尔后知后觉道。

"这阵的厉害之处，还不仅限于此，我娘曾说过，阵法的掩招在前两次，用于试探，接下来的五招用来剥夺入阵之人的五感使之丧失抵抗力，而命门就在最后一招夺人性命的招式！这最后一招八个人会同时出现，取人性命只在片刻。"

"我这眼睛应该就是五感之一吧。"

二人正在交谈，蓼茗突然发问。

"没错，视界乃过招之根本，连对手在哪都看不见谈何退敌，所以施白光的黑影，正主主雷，先废人视觉。而与我交手之人，东南主风，废人听觉，莞尔所对黑衣正北主水，数道冰晶刺入体肤，会废人触觉。只不过他们一个败给了速度，一个败给了五行相克都未得逞。"

蓼茗揉了揉双眼，继续道。

"五觉才去其三，还有两觉没有出现，这阵法竟然如此阴毒，如果真如易大哥所言，杀招八人同时出现，该如何是好？"

"可他们只有六个人，也许我们还有机会。"

莞尔底气不足地说道。

"这正是我不解和担忧的地方。这阵法必须由八人发动，倘若真的仅凭这六人就能驱动阵法，我们绝不是他们的对手。眼下之急，莞尔提防正南方向，正南属火，用望春银针不会错，我看住东北，属山，不知又是怎样阴狠毒辣的招式，随机应变吧。至于你师姐，我们在过招的时候切不可远离，蓼茗虽然眼睛看不到，但是依旧可听声辨位，但凡不妥，朝来向出针即可。"

蓼茗点了点头。

三人计策已定，各自朝着约定好的方位屏息望去。

时间一刻刻地在流逝，短短的几分钟说长不长说短不短，几人平静的表面下早已惶恐忐忑，而正南和东北方却不见任何异常。

"太安静了。"

易肖打破僵局。

"正南属火，来势定当凶狠猛烈，东北属山，所掠想必崩殂倾颓，这两招是夺人嗅觉和味觉的，不应该如此平静。"

莞尔也退至师姐身边，拉着蓼茗的手道。

"前几次黑衣人招招之间相连紧密，并不给人喘息的机会，这次时间拖延甚久，我甚是担心，总感觉哪里不对。"

蓼茗闻声，并未开口，只是紧紧握了握师妹的手。

突然，易肖手中的听语竹节开始疯狂地抖动，愈发猛烈，眼看这竹节就要失去了控制，易肖试着用双手稳住听语竹，却不见任何效果，抖动的力度逐渐超出了竹节的承受极限，"嘭"的一声，应声而断。

"这是何等的杀气，终于要来了！"

易肖大喊。

顿时天地色变，邪风四起，四下里杂物顺势被带起，尘土、枯木、碎石伴随着风的嘶吼声，盘旋在三人周围，遮蔽了阳光，散发出久未曝晒的腐败气息。环境愈发的晦暗，几人愈发的不安，就在最后一丝光亮将要被侵蚀的时候，一切秽物轰然散去，所有声响悄然无息。八席黑影出现在八个方位，将姐妹二人连同易肖死死的围了起来。

"八个人？！"

易肖和莞尔异口同声地喊了出来。

"易大哥，怎，怎么会这样？"

蓼茗也觉察出了异样，语无伦次地问道。

"先前还在怀疑只有六个人究竟该如何催动这阵法，现在看来，是我错了，世间根本不可能仅用六人就施展这八卦阵法，他们一直就有八人。如今这兑卦使出，八人见，阎罗现，我们恐怕凶多吉少。"

"那当下该如何？"

莞尔瞅了瞅失明的师姐，忧虑地问道。

只是这次，方寸已乱的易肖不再出声。

话语间，不夹杂任何冗余的动作，八人开始了最后的杀招。但见这八个身影飞速交替，毫不避讳地施展起影步，一时间无从分辨是谁处在哪个方位，方位的变更代表着万物的变通，天、地、雷、风、水、火、山、泽对应招式悉数出现，却不仅仅只是出现，三人见过的未见的最终都随着八席黑衣站定而融合成统一的起式，撇着轻蔑的笑容，八人整齐地用手指向阵中之人，那是平凡之人的手，先前的狰狞恶爪不见了踪影，幽幽道。

"八卦洪荒，人界苍苍。

魂之归处，探月鸿光！"

言毕，八道鸿光有了生命般汇聚一处，似瀑布就倾倒了下来。

"那是？探月针！"

此刻的三人何尝不明白，一对一尚无胜算，这八人同时出现，生还希望渺茫。挣扎？不过垂死。抵抗？不过延时。想到朝九还不曾见到，却要毙命伏牛山脉，莞尔心中尽是不甘，但命运似乎被捉弄和嘲笑，又是探月针，兜兜转转还是要殒命在望春武学之下，只是这一切竟是为何，恨！

鸿光即下，易肖将姐妹二人挡在臂膀之下。

"死亦难免，那就让易肖替你们承受这最后的杀招吧，二位对易肖之恩，来世再报！"

说着，默默地低下了头。

就在莞尔闭上眼睛的一刹，余光忽现狰狞恶爪，这野兽般的手，并不陌生。一双、两双、最后竟多得无法细数。抽刀断水水且长流，但这无数双利爪却能撕破瀑布似的鸿光，将其割裂成多道，杂乱无章地洒在三人四周，短促的撞击让周围显得异常明亮，几近炫目，几人不觉用手臂护住了双眼。

待光亮散尽，惊恐的几人才有气力回过神弄清眼前发生的一切。六席黑衣露出狰狞利爪，就这么突兀地出现在三人四周，为三人挡去了最后的杀招。

黑衣凝视黑衣，六人面对八影。这突如其来的状况是三人始料未及的，且不论这六人是敌是友，关键时刻护住了所有人的性命是不争的事实。

"……"

易肖喘着粗气，心情尚未平复。

"师妹，发生了什么？"

蓼茗慌张地用手探查周围，生怕远离了师妹。

"师姐，我不知道该怎么说。"

莞尔也从未见过此等阵仗，这六人不但在千钧一发之际救了自己，还轻而易举地破了探月针，要知道这阵法前几式都险些要了几人性命，他们竟能弹指间，不费吹灰之力拂去探月针，着实令人震惊。

危机并未解除，远处的八席黑影似乎也吃了一惊，不过稍作调整，身影再一次飞速交替起来，东西更替，南北互易，探月鸿光不再凝聚，取而代之的是夺人五感的招式，再看阵中六人，躬身兽状相迎，冷静得可怕，唯利爪泛着冷冷青光。

正南！黑影手中无刀却散发出炙热的剑气，之字形遁入了阵中，剑锋所指，是易肖。

"正南属火，伤门，白虎，动！"

三人周围的黑衣人未见唇动，先闻其声，这声音仿佛闷在胸腔中，全靠内劲发出，不等黑影接近易肖，正南黑衣亮出利爪就迎了上去，途中利爪汇集内气，一道箭气呼啸而出。

"易大哥，这是先前伤你双腿的箭气！"

莞尔惊叫。

"没错，这野兽般的利爪，似是而非的影步，苍白的箭气，定是先前伤我膝盖的人，可这次为何要倒戈相救？"

易肖心中虽有诸多疑虑，却无暇顾及太多，举目再看，两个黑影瞬间交织在一起，瞬身之术堪称完美，箭气碰撞剑气，彼此不留任何破绽却招招不留余地，直取要害。

几回合下来，竟难分胜负，缠斗在了一起。眼见局势焦灼，八卦阵法中，又一席黑衣蠢蠢欲动。

东北方，突显异象，黑影顺势向着西南对角冲了过来。

"东北属山，开门，九天，动！"

出招套路阵中六人似乎早已摸清，像先前一样，同样的话术再次出现，易肖才有功夫琢磨这几句话的含义。先有伤门后有开门，简单的几个字，却深谙阵法的破解之法。这六人究竟是何人？

东北方黑影转瞬便到，手中明明不曾见到任何兵刃，却做出一副拿捏之态，单手抖动间，似乎将什么东西抛了出来，易肖莞尔下意识地抬手抵挡，毫厘之间，二人眼前一黑，视线被透黑衣衫完全遮蔽，只有不知何物拍打布衣的声音回荡在四周，再次出现光亮时，六人中的一人已经护他们前方，一改先前躬身兽状，黑衣退去，缠绕于臂膀，内在的行装分外妩媚，锦衣长裙，玉带彩袖，玄女戎装，若不是还有利爪外露，定会认为眼前之人是个女儿身。

"以尘为刃，尘埃细小，肉眼难见，尘入口鼻，夺人味觉，你们还不是他们的对手，暂且不要妄动。"

胸腔传来低沉的声音，把三人思绪拉回现实，这用衣衫荡去尘埃的手法，让出招黑影也诧异万分，遥遥地给不远处缠斗的同伴一记响指，两人瞬间退回了原位。

八席黑影盯着阵中九人，双方僵持了片刻。

"散！"

随着一声号令，八人借着影步消失在三岔路口的尽头。

六人中领头的黑衣，伸起胳膊，示意莫追。

危机顷刻解除，易肖再次紧张了起来，将姐妹二人挡在身后，暗自调息运气。

六人此刻不再躬身，而将黑衣缠绕臂膀之人也再次裹上了行装。几人缓缓来到易肖面前，撕下蒙面纱巾，单膝跪了下去。

"易少侠，让你们受苦了！"

这次的声音，真真切切地发自口中，平添温暖。

"你们认识我？"

易肖错愕，悬着的心暂时放了下来。

"非但认识，还很了解，你的父亲易云天正是我们的守护使，可是好人并不长命，可惜可叹。"

"守护使？"

莞尔突然反应过来，道。

"六门遁甲神兽？"

"正是。"

这六人看着易肖和姐妹二人，微笑着，肃杀的黑衣此刻不再令人生畏，相反，充满安全感，倘不是面纱下这俊俏的面容，谁会想到在不久前经历了生死之战。

提及已故的父亲，易肖不再淡定，愠怒道。

"这究竟怎么一回事，既是我爹守护使，为何箭气伤我双腿？又为何屡屡加害于我们？"

"加害？"

其间的一人开了口。

"从三位踏入武陵古墓起，我等一直暗中保护，未曾加害于你。至于箭气的事，还要问问少侠你自己，箭气入膝理，双腿灼热感有没有减轻，在阵中发动影步，是不是和之前气息流动大相径庭？"

　　也许是先前的战斗太激烈，易肖并没有认真考虑过这些，黑衣人的一席话，自己不觉揉了揉双腿，说道。

　　"自从抚琴寺服下晚五，双腿灼热难忍，望春内气调息时，总感觉有另外一股内气在抵抗，两股内气互相排斥，灼热感会越来越严重。我一度怀疑是晚五的功效过于强大。后箭气又入股，只记得当时内气疯狂拉扯，扰的双腿经脉紊乱，疼痛异常，后来再次清醒过来的时候，灼热疼痛不在，只是这影步，突然快的难以驾驭。"

　　"守护使啊，这么多年，你的良苦用心，如今真的应验了。"

　　不知为何，黑衣人突然仰天长叹。

　　"父亲大人？"

　　易肖颦蹙。

　　"没错，易少侠，你可知方才阵中交手，你所使用的已经不再是望春影步了，那是你父亲的独门绝学，行云流水。"

　　易肖震撼。

　　"在下并未研习过行云流水。"

　　"这是因为先前你母亲已授你望春影步，你尚年幼，无法熟练掌握两种遁身之术，强行修习只会适得其反，守护使知你处境，料得日后行云流水必在危难之际保你平安，便在你不知情的前提下，早早地将内气灌注到了你的双腿，并用易散堂医术压制。后来，守护使嘱咐我们，去除压制的唯一方法就是箭气，不到万不得已，不得使用。现在想来，当时的情景历历在目，哎，只是守护使过早亡故，没办法亲眼见证这一刻了。"

"也就是说晚五药效打破了压制易大哥双腿内气的平衡？"

心思缜密的莞尔分析着。

"易散堂的医术，普天之下何人能及？不过晚五也非世间平常之物，药效和易散堂医术相冲，易少侠才会感觉到灼热难忍，如果说偶得晚五是机缘巧合的话，那更为关键的是刚才的激战事关生死，我们六人迫不得已才发动箭气解除了易少侠的禁锢。"

"既然这阵法可以轻易破除，为何不直接出手相救？"
莞尔逼问。

"姑娘有所不知，这个说来话长，正如前番所言，解除易少侠双腿禁锢是迫不得已的。守护使殒命后，望春阁长时间没有选定新任守护使，甚至在你娘死后，七星清离草看护使也没有重新任命，望春阁所有的草药都是取自七星清离草，这种清离草每年只开一次花，结一次果，如此重要的事一拖再拖，这是我们百思不得其解的地方，可以说很是反常。"

"等等，在下有点混乱，能不能说详细一些，你说的这些和我腿上的禁锢有什么关系？"

易肖越听越糊涂。

"听我细言。"

黑衣人转身向着望春阁的方向望去，西方的天空阴云密布，叹了叹气，道。

"八卦阵法和遁甲神兽是望春阁建派之初就有的，可以说是望春平步天下的法宝。阵法主外，被布置在七星清离草四周，看护神草的同时震慑不轨之人，再由掌派选定内气高强之人担任七星清离草看护使；神兽主内，用来肃清望春阁意图谋反之人，最初共八人，所使武学皆源自奇门遁甲，所以称作八门遁甲神兽，他们只听命于守护使，而守护使是所有人共同推举的，意在制约掌派独断专行，正是因为这样的门规，望春阁才有了今天的江湖地位。"

黑衣人没有继续说话，而是摸了摸腰间的衣带，闭上了双眼，陷入了回忆。

良久，才再次开口。

"但望春阁也有一段不堪的回忆。不知几位对一代掌派了解多少呢？"

"一代？"

蓼茗似乎有话要说。

"有关一代掌派的事情，在望春阁似乎是个禁忌，历任掌派和师太都不曾透露一字。"

前尘往事·春夏秋冬

"经此一役，望春元气大伤，是时候改变了。"玄叶意味深长道。

"一代已逝三年有余，这三年望春始终处在为乱的阴影中无法自拔，诸事停摆，一代掌派的亲信仍伺机妄动，现今的望春，除了江湖上的虚名，实则风雨飘摇。若不是疠气满溢的风雨泽这道天然屏障，恐怕觊觎望春的歹人早就动了手。"八卦阵法中的一人言道。

"此言不差，"玄叶道，"一代掌派借助八卦阵法同守护使和八门遁甲神兽大战三天三夜，两败俱伤，望春至今没能走出困境。今日传你们至此，正是为了此事。"

"二代掌派但说无妨！"众人附和。

"一代掌派已逝，择日修建风雨祠，列牌位入望春阁谱，同时，前任守护使、八门遁甲神兽、八卦阵法八人及七星清离草看护使皆分列左右。当年之战从今日起列为望春禁忌，所有望春门人不可再议论。"

"是！"

"一代掌派行医之道过于暴戾残忍，毒经治病，虽则有效，却自损八百。望春若想在江湖上重新崛起，从医不可再行逆法，"玄叶稍稍思考了一下，道，"我意将望春分立春秋堂和冬夏馆，春秋堂行传统医道，堂主辅助掌派处理派中大小事务，冬夏馆依旧继续研习毒经，一代掌派的绝学不可失传，但不能擅用，未经同意滥用毒经，按门规交遁甲神兽处理！"

听玄叶言毕，望春上下纷纷投来赞许的目光。

"玄叶掌派，你这么做只怕不妥吧，分立春秋堂与冬夏馆这和分裂望春有什么区别？"人群中传来不谐之音。

"哦？原来是师太，师太当年追随一代开创望春阁可谓立下不世之功。"

"玄叶掌派知晓便好，论资排辈还轮不到你在这里说教！"师太傲慢道。

"若我所记不差，当年撺掇一代排除异己，引发望春内乱，你可是始作俑者，我不追究你挑拨离间之罪已是宽容，再者我也并不是在征求你们意见，而是告知。"玄叶顿了顿，道，"念及你是元老，自当进入冬夏馆面壁思过，潜心修学，从此不再踏出冬夏馆半步，以往之事可以不再追究！"

"你……"师太愤恨道。

"至于春秋堂和冬夏馆，"谁知玄叶并未理会师太，继续道，"望春所有弟子皆可自由选择派系，只不过冬夏馆以研习为主，无掌派授意不可离开望春。"

"弟子明白！"

"哎，好了，都下去吧。"玄叶不知为何叹了口气。

"玄叶掌派，这一步实属险招，在下佩服！"待众人散去，八卦阵法的八人围了上来，其中一人开口言道，"分立望春派系，遏制一代亲信，处理好了望春大幸，处理不好恐怕会再起纷争。"

"正是，现在的望春阁内，当年追随一代的门人不在少数，凭借毒经的功力，完全可以和我《清离心经》相抗衡，你们以为他们忌惮的是我？其实他们真正忌惮的是你们。前任八卦阵法八人皆亡故，现在你八人站在我这边，才是他们不敢妄动的原因。为了望春的未来，分立春秋堂和冬夏馆也是无奈之举。"

"难为玄叶掌派了，下步有何打算呢？"

"首先还烦请八位监造春秋堂和冬夏馆，尤其是冬夏馆，布局结构当以悉数照搬春秋堂样式，仅在馆中修一密室，作为望春阁禁地使用，至于内饰随它去吧，我这么做只求能够慢慢磨平其中戾气。"

"望春禁地设在冬夏馆？这样做妥当吗？"

"我也思虑很久，还是设在冬夏馆吧，我自有打算。"

"全凭掌派决断。"

"此外，新任八门遁甲神兽和七星清离草看护使也要尽快推选出来。"

"明白。"

"最后几件重要的事，还要和你们商量。"

"掌派直言。"

"望春百废待兴，昔日内乱坚决不能再现，八卦阵法太过阴毒，阵法图放在望春始终是个隐患，万一被用心险恶之人掠去，后果不堪设想，少林在江湖上颇有威望，我决定联合少林，当众焚毁图谱，以后只口耳相授，不知各位意下如何？"

"此法甚好！"

"那就这么定了，另外八门遁甲神兽也必须去其两门，稍作削弱，神兽本就是为了肃清门派而存在的，六门的威力足以震慑众人。"

"掌派考虑全面，我等佩服。"

"诸事皆定，烦劳各位护望春周全，我还有件未了之事，需要去趟长白之巅，不日出发，今日就当做和各位道别吧！"

"事到如今，也没有什么好隐瞒的了，守护使死后，望春阁久久不认命新的守护使，我们几个感到事情没有那么简单，于是找到了糜离师太，但糜离的反应却很反常，什么都不告诉我们，只说让我们去做该做的事，必要的时候，杀。这种不寻常之处令人不安，情况像极了当年一代掌派和八门遁甲神兽守护使之间发生的事。神兽开杀戒只有一种情况，就是望春阁动荡。当年一代掌派创派之初，崇尚以毒攻毒的逆法行医，引得派中诸多不满，渐渐地有了分立春秋堂和冬夏馆的声音，一代自是不愿，暗地里开始排除异己，八门遁甲神兽及其守护使为了望春阁不分崩离析，和一代爆发了一场大战，一代借助八卦阵法对抗八门遁甲，结局可想而知，两败俱伤。后二代掌派玄叶接任，为了避免悲剧重演，一方面联合少林当众焚毁阵法图，只口耳相授；另一方面将八门遁甲神兽去其死门、惊门两门以削弱；最后在望春阁设立春秋堂和冬夏馆两个派系，正是二代掌派玄叶不懈的努力，望春阁才有了今天。所以我说縻离师太让我们开杀戒，可能是望春阁内部出了问题，但縻离师太的言行太过异常。"

"你在怀疑縻离师太？"

莞尔疑问。

"不，不是怀疑师太，是怀疑所有有可能会对望春阁造成伤害的人。守护使不在了，肃清门派的职责便落在了我们几个的身上。方才我也说了，只有八门遁甲神兽和八卦阵法才能勉强平手，现在我们只有六人，不到最后一刻，不把八卦阵法的八人全部逼现身，是难有胜算的。"

蓼茗好像突然明白了什么。

"刚刚踏入武陵古墓时的暗器是你们放的吧。"

"正是，八卦阵法的八人从你们进入古墓时就跟着你们，妄图谋害，原因虽不清楚，但几次欲出招确是事实，只不过他们没有料到我们跟着他们，守护使不在了，他的子嗣不能受到伤害，我们放暗器只是为了封住你们的去路，因为再往前走会误入阵法之中，同时也给他们一个信号，莫妄动。"

黑衣人解释着。

"这么说来，三岔路口的暗器，听语林外的响动，都是你们在和他们暗地较劲？"

黑衣人摊开双手，不置可否。

"后来八人终于现身，时机到来，我们也没有必要藏在暗处了，但是毕竟现在的神兽只有六门，对抗尚且不易，期间无暇顾及少侠，更难保易少侠无恙，只能解开易少侠双腿的禁锢，来唤醒行云流水，希望能助少侠一臂之力，所以才说迫不得已。"

一切疑虑顿然消除，姐妹二人和易肖皆松了口气。莞尔扶起师姐，就要拜谢，却被领头的黑衣人拦下。

"二位莫要这般，守护使宅心仁厚，义薄云天，待我等不薄，我们死也要遵照约定，护易少侠安全。你们二位又身负重任，如今看来，也许只有清离师太清醒过来这一种方法，才能弄清这其中的一切。"

稍作停顿，黑衣人又开了口。

"我有一言，不知当讲不当讲。"

"救命之恩还未言谢，但说无妨。"

蓼茗抱拳。

"八卦阵法图已经焚毁，失传很久，仅由掌派口耳相授，出现在这里的八个人……"

"你的意思是？清离师太？"

莞尔情绪一下失控，就要上前理论，被易肖一把拉住。

"莞尔稍安勿躁。"

言毕，转身质问。

"清离师太是二位姑娘的先师，同时也是望春阁掌派，现在已然被鸿光夺去了性命，二位姑娘受糜离之托去寻朝九晚五，暂不论清离对莞尔和蓼茗是怎么样的情感，就连糜离这样冷酷的人都会去救她，你们为何要怀疑清离师太？"

"三位莫要激动。"

黑衣人接着说道到。

"我们没有针对任何人，只是阐述事实，只是怀疑一切可能对门派造成伤害的人和事，三位不理解也在情理之中，不过我还是要提醒各位，不要被假象蒙蔽了双眼，更不要错怪了好人。这是传音蝶，和引路蝶一样，都是望春阁的灵物，见此蝶便是见守护使，我们会第一时间赶来，易少侠且收好。八卦阵法已破，前方甬道安全，借助行云流水由此穿行二日可抵洛阳，易散堂的医术也许对蓼茗姑娘的双眼有所帮助。我们还要去弄清楚望春阁究竟发生了什么，就此别过，易少侠万事小心。"

说着将传音蝶和些许干粮递给了易肖，同现身时一样，黑袍加身，轰然就没了踪影。

易肖不再说什么，只盯着它们消失的方向，喃喃自语。

"六门遁甲神兽……"

蓼茗抱住了师妹。

"师姐，他们竟然说是师父？"

"师妹，不要往心里去，也许六门遁甲神兽真的只是善意的提醒，其实仔细回想，他们的职责是肃清门派，所言也是事实，这布阵之法确实只有掌派才知道。"

"可是……"

"不过莞尔，我和你一样，从未怀疑过师父，她老人家是怎样的人你我都清楚，我坚信这其中肯定有我们遗漏的地方，方才六门遁甲神兽也说了，他们要去弄清这一切，如今之计，只有越早唤醒先师，这些疑问才能越早解开。"

历经了大战的蓼茗，此刻心中信念无比笃定。

"师姐所言不差！事不宜迟，我们赶紧上路吧。"

招呼了易肖，三人携手步入了甬道，此时的几人，口中虽未言语，心中却五味杂陈，姐妹二人对唤醒先师的急切，对望春阁的黑暗历史的惊愕，对凶险前路的迷茫，易肖对父亲的思念，对六门遁甲神兽的感激，对糜离反常的不解，此刻都化作坚毅的背影，消失在甬道的尽头。

洛阳城内慕土邪

月色楼中有洞天

城郭若隐若现时，伏牛山脉已经远远被甩在了身后，三人再行数里，洛阳城南大门便尽收眼底，目光过处，过客熙攘，人声鼎沸。

"师姐，前面就是洛阳城。"

莞尔如释重负，连日来疲于应战，紧绷的神经在此刻被洛阳城的烟火气息一扫而空。

"终于回来了。"

易肖感慨万千，不由得喊出了声。也难怪，这洛阳城保留着自己最美好的年少时光，城内的片砖片瓦，一草一木都有着父母的影子。

穿过南门向内望去，初春的洛阳，百花争艳，竞相开放，犹如锦绣。即便是天地间的鬼斧神工，也不知要花多久才能织就如此迷人的春色。滤过昨夜的新雨，此情此景，不免喟叹：

闲来幽梦深几许，低头路人语，昨夜新雨湿襄衣，满城尽解猡裘弄涟漪；

曲水流觞还复在，只是容颜改，古城千年惹人依，不若复醉今朝复醉惜。

"这一路走来，颇多坎坷，如今到了洛阳城，就让我一尽地主之谊吧，蓼茗的眼睛，眼下只有易散堂有办法了，走，随我回家。"

易肖说着，拉起搀扶着蓼茗的莞尔，快步朝城门走去，平日里用来搭银针的手被这么一挽，莞尔竟红了脸颊。

三人步行城门下，几名装束怪异的人挡住了他们的去路，似乎把守着大门。

"站住，几位不像是洛阳人士，看这装扮，打西边来的吧，入城须持慕土令，否则哪里来的回哪里去！"

说罢，狂妄不屑地伸出手臂，就要搜身。

易肖打量着面前的几人，暗自发笑，这些个异地人，却说别人是异地人，离开洛阳城数载，竟不知洛阳如今变成这般模样，从前的城门吏跑哪去了？再看这些人的装束，明明男儿身，下身却着裙装，上身裸露在外的一条臂膀缠满了麻绳，慕土令？难道是慕土一派？想到这里，定了定神，抢先一步挡在姐妹二人身前，故作恭敬道："几位壮士，我三人皆洛阳人士，常年漂泊在外，鲜有归时，因此不曾听闻'慕土令'，恕罪恕罪。如今事毕，返回洛阳家中，还望高抬贵手，行个方便让我等进城。"

"没有令牌？走走走！少在这给爷叽叽歪歪，咦？你身上没有，莫不是藏在了这两位姑娘身上？来来来，让爷看看。"

说着，几人带着恶俗的笑容，朝莞尔、蓼茗靠了过来。

数人的争辩声引来不少好事者的围观，没多久功夫，已经聚集多人，里三层外三层将他们围了起来，奇怪的是，这些围观人群虽然将他们围住，却不敢太靠近，人数明明众多，却只在一旁指指点点低声细语，似乎在避讳着什么。

"千年洛阳，百里美景，都毁在你们几个异类手里！给我闪开！"

易肖能忍，莞尔忍不了，一早压抑的怒火就要爆发。

"且慢且慢！几位门吏大哥，误会误会！"

眼看双方就要动手，南门内不远的地方急匆匆跑来一人，挥手喊道。

"三叔？"易肖诧异。

来者未曾理会易肖，只快步走到门吏面前，赔笑道。

"门吏大哥，这几位家住城北易散堂，自家兄弟姊妹，常年在外谋事，许久未归，不懂规矩，见谅见谅。"

说着暗地将几锭银两塞入门吏手中。

"哦？易散堂的？算你识相，赶紧滚！"

见到门吏松了口，来者立刻使眼色示意三人快点进城。

莞尔心中怒气虽未平息，但见易肖口中的"三叔"发了话，也不便发作，扶着师姐就急忙跟进城去。

却说几人快步入了城，三叔一言不发当先走在众人之前，径直沿着南大街向北行去，任凭易肖如何呼唤，都不曾放慢脚步。莞尔、蓼茗更是不明缘由，心生疑惑，只悻悻地跟在易肖身后。

这片刻的安静，让莞尔有机会环顾下洛阳城街道，这南大街喧闹异常，来来往往的路人，匆匆忙忙的行脚商人，络绎不绝的小贩，一切如常，似乎对城门外发生之事习以为常，并没有多少人在意。看着眼前繁华的城市，想到师姐眼伤有救，先前的不悦也褪去了一些。

"师姐，洛阳城果然如无为大师所言，繁华异常，待你眼疾痊愈，定要亲眼看看这街巷。"

莞尔宽慰着师姐，蓼茗却心有忧思，低声道："莞尔，我总有种隐隐的不安，这和我印象中的洛阳城不大一样。"

"师姐，你来过洛阳？"莞尔好奇地问道。

"不曾来过，只是听闻各地行医的同门说过，洛阳城主步止水乃深明大义之人，光明磊落之辈，洛阳城之所以名扬万里，城富民强，和步止水城主的悉心治理密不可分，所以南门外那些怪异之人行的苟且之事，绝非步止水城主授意，正因为这些，我才不安。"

听闻"步止水"三字，一直默不出声快步行进的三叔突然停下了脚步，扭头看着三人。这突兀的停步，姐妹二人不曾反应，撞在了一起。

"三叔，这是为何？"莞尔揉着额头，不解地问。

三叔看着莞尔和蓼茗，欲言又止，紧锁眉头，默默地叹了口气，继续向前走去。

易肖深知三叔秉性，不再追问，只示意莞尔跟上。

洛水穿城而过，将洛阳城南北隔开，几人跟随三叔跨越颇具特色的石桥到了洛水北岸，洛阳城主府邸一览无余。然而，三叔并没有多看一眼城主府邸，而是带领众人向城主府邸东侧走去。不出百步，青砖绿瓦，古阁旧宅，易散堂出现在眼前，大门两侧的楹柱上，斑驳却依然刚劲有力地镌刻着月色圆满洛阳府，光华皎洁易散堂的楹联。三叔挪步站定，躬身为易肖引路。望着易散堂牌匾和对联，易肖百感交集，这是父亲大人亲手题写的字句。

易散堂大门缓缓闭起时，大部成员已经在光华厅等候多时，这光华厅由父亲易云天命名，是易散堂商量大事的地方，旨在行光明磊落之事，施朴实无华之医。易肖甚是不解，易散堂向来行事从不遮掩，这次为何要闭门。刚欲开口，三叔跪了下去，"少堂主，你终于回来了！"一众见三叔跪下，立刻跟着三叔都跪了下来。

易肖身后的莞尔被这阵势了一跳，不知所措，只紧紧拉着师姐的手，倒是易肖，一边搀扶三叔，一边干了口："三叔快请起，大家也都起来吧，究竟发生了什么事？"

众人起身，厅中坐定，家童给莞尔、蓼茗及易肖递上热茶。

"一年前，天山一带的慕土派突然出现在洛阳城中，这股势力与其说出现，不如说是渗透，最初只是三五成群，后来才个把月满大街都是装束古怪的慕土之人，没多久城主步止水干脆宣布慕土派担负守城重任，遣散了原来的城防队伍。"三叔恨恨道。

"难怪来易散堂的路上，但逢十字路口，必有慕土岗哨。"莞尔回忆到。

"其实由谁接管守城重任于百姓而言并不重要，只是慕土之流，强行推行'慕土令'，把控民政，初一宵禁，十五搜铺，闹得洛阳城内客商鸡犬不宁，怨声载道，可百姓如之奈何？敢怒不敢言。"三叔接着道。

"为何宵禁？又为何搜铺？"易肖询问。

"少堂主有所不知，慕土之流除了对出入洛阳之人严格管控外，似乎在搜寻什么东西。每逢初一，大量慕土帮众在街上集结，对百姓民居挨家挨户查验，上至房梁，下至地窖，态度极其恶劣；而到了十五，又对洛阳城中各大商铺、馆驿进行搜查，全然不顾法纪礼数。这一年，洛水以南被翻了个底朝天。"三叔咬牙切齿道。

"步止水城主难道会纵容慕土一派胡作非为？"易肖尚在思考着什么，蓼莙率先发问，"我听闻步止水城主大义，鸡鸣狗盗之事一度在洛阳绝迹，如今怎会如此？"

"不错，步止水城主难道也坐视不管？"易肖附和。

"哎……"三叔长叹一口气，道，"少堂主的朋友自然不是外人，但是几位有所不知，步止水城主自从慕土派出现以来，已经许久没有在城中露面。"

"哦？竟如此蹊跷，一城之主长久不现身？"莞尔随即问道。

"姑娘所言不差，但凡初一十五或重大节日，哪怕只是个节气，以前步止水城主都会亲临洛水南岸，视察民情，但自从城防交由慕土一派掌管，这一年间城主只在洛水北岸由慕土派掌门陪同匆匆露了一次面。"

"步止水城主难道被慕土派挟持了？"易肖猜测。

"少堂主应该知道城主姓名的由来，这止水并非死水，而是断止水流之意，步止水三个字其含义便是运用初无定质的步法来斩断流水。这不拘一格的轻功唤作'初无定质'可是和本帮遁身之术'行云流水'齐名的，一主攻一主防，单凭武力想要劫持城主，并非易事！"三叔说完，厅内众人纷纷点头，表示赞同。

"只顾着听三叔说道，险些忘了紧要之事。"易肖突然拍拍脑门，急忙把蓼茗搀扶到三叔面前，"三叔，这是望春阁蓼茗姑娘，那位是莞尔，于我有救命之恩，伏牛山双眼为八卦阵法所伤，可有办法医治？"

"少堂主的救命恩人，也就是易散堂的恩人，老夫定当全力医治。"说着抱拳作揖。

易肖悬着的心终于放了下来，躬身扶起三叔，谁知三叔突然眉头紧蹙，别人虽未觉察，易肖却都看在眼里。

"阿离，带二位姑娘先行休息，好生伺候，蓼茗姑娘的眼伤老夫这就着人去办，且用泉水相敷，祛祛邪气，另外派阿弦去后山，火速传主簿老人家回来！上至主簿下至分堂堂主，戌时少堂主房间议事，不得有误。"三叔略带命令口吻，"少堂主，您也回房休息，我这就去通知城北各分堂堂主和月色楼掌事！"

"月色楼掌事？"易肖不禁暗自吃惊，所谓月色楼，乃易散堂记录本派甚至整个洛阳大小事件的地方，将事件书于竹简之上，悬于楼阁之中，事无巨细，精确到刻，外阁多载洛阳城之事，内阁多存易散堂之事，就连城主之前也经常赴月色楼查阅记载，可以说是易散堂最重要的地方，"连掌事都要传回，想必有三叔有大事相商。这些年漂泊在外，易散堂全凭三叔一己之力支撑。"这样想着，感激之情油然而生，举手作揖，转身回房间去了。

戌时，易肖房内。

"人都到齐了吗？"三叔一边请易肖入座一边环顾四周。

"除了后山炼药的主薄老人家，其余都到齐了，后山山路崎岖，阿弦一早便去传话了，看时间估摸着也快回来了。"阿离言道。

"也罢，"七杯高桥银峰茶一字摆开，三叔继续道，"蓼茗姑娘双眼热敷已有个把时辰，阿离，速速带两位姑娘来此。"

"是。"

"三叔，这么急地集合大家是因为中午之事吗？"易肖看着桌上的七杯茶，心头微微一震，这银峰是父母生前最爱，三叔竟如此摆茶。

"少堂主聪慧过人，老夫佩服。"三叔拱手，"前番少堂主搀扶老夫，手臂相触，两股奇异内气相冲，一股乃望春内气，一股乃易散堂内气，如老夫所言不差，少堂主可是研习了本门绝技行云流水？"

"正是，三叔果然厉害。"易肖心生敬佩，仅仅短暂接触，便觉察端倪，事已至此，易肖将伏牛山之事悉数转告给了大家。

"老堂主真乃用心良苦啊，"三叔感慨道，"老夫原以为行云流水就此失传，如今看来，易散堂后继有人，幸哉幸哉！"

围坐四周的掌事及分堂堂主也纷纷投来赞许的眼神。

"三叔，您老人家集合大家来这里，应该不只是说这个吧？"易肖指了指桌上的七杯茶。

"当然，少堂主有所不知，你体内的两股内气若不及时化解，恐有性命之忧。"三叔言道，"望春内气至阴至柔，易散堂内气至阳至刚，阴阳相冲，无法调和，这恐怕也是老堂主封住你体内易散堂内气的原因吧，希望有朝一日你武学精进，可以化解融合这两股内气。"

"三叔，六门遁甲神兽解除我腿部禁锢以来，至今身体未见异样，会不会是三叔过虑了？"

"非也，倘我过虑，你母亲当年也不会再三嘱咐月色楼掌事！"三叔恳切言道，"此外，少堂主难道没有觉察城南分堂都已经解散了吗？"

"三叔、掌事，当年我娘究竟嘱咐了什么，你们就快告诉我吧，"易肖略显急躁，"城南分堂的事我已知晓，还未来得及询问，只是这和我娘又有何联系？"

"掌事，如今时机已到，此处没有外人，但说无妨。"三叔回头催促着月色楼掌事。

"少堂主可知七杯茶意？"月色楼掌事问道。

"知晓，七杯高桥银峰茶乃事有'蹊跷'速查之意，七杯茶上几，易散堂危机，届时所有骨干亲信必当抱团共渡难关。"

"正是，老堂主早已不在人世，少堂主又常年在外，易散堂这一年来屡遭觊觎，在洛阳的处境越发的艰难。"掌事接过话来，"自打慕土之流大肆搜城以来，城南分堂屡遭扫荡，已无法正常行医售药，各分堂开支巨大入不敷出，主薄老人家只好无奈撤回所有城南分堂。"

"城北分堂的情况呢？"易肖担忧地问道。

"洛水以北素来是城主领地，城北宗堂还有各分堂，紧邻城主府邸，易散堂多年来在洛阳还算有些影响，况且有三叔还有主薄老人家在，慕土之流尚且不敢造次，只是……"

"只是什么？"易肖追问。

"只是城南分堂撤去后，大批慕土门人掘地三尺，把各个分堂搜了个遍，无疑是在找什么东西。"掌事解释着，"况且城北各分堂，无论行何事，总有慕土盯梢，似乎对我们的动向掌握得一清二楚，我怀疑，易散堂内被安插进了耳目。所以今日厅堂内，少堂主的两股内气不和，恐有性命之忧一事万不可泄露。"

"原来如此！"易肖叹道，"不过甚是奇怪！何物须如此大动干戈？慕土派竟如此妄为，还有没有规矩了？"

"经南门那么一闹，少堂主归来的消息估计已经传遍整个洛阳，之前三叔说你们在来的路上八卦阵中一番恶战还遇到了六门遁甲神兽，这一切依我看并非偶然，其间定有联系，目前的情形和你娘当初的嘱咐十分相似！"掌事终于道出重要的事情，"当初你爹暗授行云流水给你后，你爹娘找到我和三叔，再三嘱咐待到你双腿禁锢打开之时或易散堂危机之日，务必让你去月色楼内阁看看，细细排查竹简！没想到这嘱咐竟变成了遗命，而如今两种情况竟然同时发生。"

"除了月色楼掌事外，你爹娘也是可以书事于简的，这么些年，我们严格遵循老堂主和你娘嘱托，对此事秘而不宣，更不敢私自去内阁查阅，如今时机成熟，还请少堂主自行前往。"三叔恭敬地说。

"事不宜迟，待主薄老人家回来，我立刻去查看。"话虽如此，听到爹娘的遗命，易肖内心依旧无法平静，爹娘心细人善如此，为何当初望春阁容不下二人，为何又不得善终，然而考虑到当下易散堂的处境，却又无暇顾及太多，只心生疑问，"步止水城主难不成真成了慕土一派的傀儡？"

"我看未必，慕土之流乃井底之蛙，萤火之光，所见必不长远，所亮也不久长。"伴随着话语声，房门被推开，主薄老人家和阿弦风尘仆仆的归来。

"主薄，您终于回来了。"易肖行跪拜大礼。

主薄老人家顾不得更衣，慌忙还礼，言道："肖儿，如今你已是易散堂堂主，这般老朽受不起，快快请起！"

原来易散堂上下，与易肖最为亲密的便是主薄老人家，可以说主薄是易肖的授业恩师，陪伴了易肖整个童年。在易肖的眼里，主薄更像是亲人。

"主薄，您刚才所言何意？"易肖引主薄入座，"为何说未必？如今易散堂摇摇欲坠，城南各分堂分崩离析，城北宗堂和各分堂也是苦苦支撑，倘若真像掌事所言，堂内混进了耳目，那我们岂不是岌岌可危，还请主薄教我！"

"老朽且问你，当下最要紧的是什么？"主薄不紧不慢道。

"当然是彻查易散堂，揪出耳目。"易肖回答。

"果真如此，易散堂会更加被动。"主薄摇摇头，"肖儿，所谓兵不厌诈，将计就计，这么简单的道理你还不不明白吗？"

"请主薄明示。"

"耳目一事，尚未有定论，目前只是猜测，即便是真的有人混入了易散堂，依老朽所见，不一定是坏事，这些人若能被我们反过来善加利用，对弄清整件事情会有帮助的。肖儿，当务之急是尽快弄清城主下落才是。"主薄有理有据道。

"主薄所言极是，易肖愚钝了。"

房门再次推开，阿离带着蓼茗莞尔走了进来。

给主薄简单引荐后，易肖问道："三叔，蓼茗眼伤可有医治方法？"

一旁的莞尔望着三叔，忧心忡忡，生怕三叔给出否定的答案。看出莞尔的担忧，易肖只拍拍莞尔肩膀，安慰道："别看三叔年长，论武学，论医术都是洛阳地界屈指可数的，如今主薄老人家也回来了，他可是赫赫有名的炼药师，莞尔放心吧。"

"姑娘，你且忍耐下。"三叔倒是没多言，只用拇指平滑过蓼茗的眼睑，片刻，"幸甚幸甚，若不是望春内气，姑娘的双目估计就废了。"

莞尔长舒一口气："三叔，如此说来，师姐的眼睛无大碍了？”

"无碍无碍，八卦阵震卦乃是掩杀，旨在夺人视觉，而非毁人双目，如若剑刺双目，老朽也无能为力。蓼茗姑娘武学修为不凡，内气化去了大部分耀目炫光，只不过炫光闪烁之处离双眼太近，所以才会短暂失明。"主薄抢在三叔前说道，"只需易散堂明目散外敷，三五日便可痊愈。"

"大恩大德无以回报！"听闻三叔和主薄所言，姐妹俩叩首。

"两位快请起，易散堂治病救人天经地义，更何况二位对肖儿有恩，那便是易散堂的恩人！"主薄老人家匆匆道来，"不过话又说回来，这八卦阵法突然重现江湖，就为了对付你们几个初出茅庐的后辈，着实令人担忧。"

"主薄，今日天色已晚，让少堂主和两位姑娘早些休息去吧，明日还请少堂主随掌事赴月色楼一探究竟，待有了眉目再做计议，不知意下如何？"三叔道。

"主薄、三叔、掌事、各位分堂堂主，易肖有个不情之请。"三叔话毕，易肖言道。

"少堂主但说无妨。"三叔抬了抬手示意。

"明日赴月色楼内阁，我想带上莞尔、蓼茗两位姑娘同去。"易肖补充道。

"这……"主薄老人家犹豫着。

"救命之恩自不言说，一者我娘幽离是她们的师太，这么看来也不算是外人，再者莞尔蓼茗聪慧过人，这一路走来颇有见地，我娘留下的竹简，有了她们的帮助解读，定不会遗漏什么。"易肖盘算着。

"少堂主，非老夫固执，老堂主创立易散堂之初就定下规矩，除了堂主和夫人，只有月色楼掌事才能进内阁书文挂简，她们二人进去不合规矩。"三叔言道。

"三叔此言差矣，我娘当年嘱咐你们的时候，我即非堂主也非掌事，未来是与不是也不好说，倘若二老尚在人世，而我双腿禁锢解除又恰逢易散堂危机，难道我就不能进内阁了吗？"

"这……"三叔不知如何回答。

"如今洛阳城疑团重重，慕土当道，城主不见，是非常时期，也许我娘留下的竹简就是易散堂生死存亡的关键，切不可循规蹈矩，错过了时机。"易肖不容置疑道。

此言过后，屋内长久地安静下来。

"易大哥，你看这样可好？"蓼茗率先打破沉寂，"我眼疾未愈，去了也帮不上什么忙，不如留在易散堂调息，让师妹一人陪你进去就行了，门规毕竟是门规，就不要为难三叔了。"

三叔自然明白，这是小姑娘给自己台阶下，不再纠结什么也就默许了。

"也罢，就这么定了。今日就到这吧，各位速速回去，各分堂主须一切如常，切勿打草惊蛇走漏风声。"主薄最终拍板决定，临行时不忘叮嘱，"三叔，明日烦劳为蓼茗姑娘调息。阿弦，这几日照看蓼茗饮食起居。"

"还有一事，老夫有言在先。蓼茗姑娘眼疾各位不必操心，只是这阵法所伤，需用不寻常之法克制，简言之就是要暂时阻断蓼茗姑娘的七经八脉，可能接受？"三叔询问着。

"阻断七经八脉？"莞尔略显担心。

"无妨无妨，蓼茗姑娘会短暂失声，待眼疾痊愈，便会恢复如前。"三叔接着解释道。

"全凭三叔安排！"蓼茗道。

"甚好，按照主薄安排，都回去吧。"三叔言道。

"是！"众人行礼循次退下，易肖房内突然变得空旷了许多。

"哎，易散堂、望春阁，斩不断理还乱……"主薄老人家步出房门的一刻，留下一声感叹。

次日清晨，月光还未隐匿，太阳微微露面时，一行人已经来到了月色楼梯台前，莞尔近观着月色楼，这西侧楼角挂月，东侧楼角托日的景观，配合着古木错杂拼接成的阁楼，倒别有一番韵味，若不是门前日晷的倒影指向卯时三刻，真想停下来好好看看这景色。

"掌事，主薄，我们进去吧。"易肖催促着。

"少堂主，莞尔姑娘，两位这边请，外阁西南角，便是内阁的入口。"说着，八门连环锁落地，月色楼大门缓缓打开，外阁全貌展现在众人眼前。

"想不到洛阳城中还有如此宏伟精妙之地。"首次来到月色楼，易肖异常平静，倒是莞尔，看到这些错综复杂的竹简，有序堆叠悬挂于各处，不免惊叹。

"老堂主创立月色楼之初，规定以天干地支分二十四类别记录要事，后来为了方便查阅，区分内外事务，在你娘幽离的建议下，增设内阁，天干十二类于外阁记载洛阳之事，地支十二类记录易散堂之事，内阁所载即便连城主也不可查阅。"掌事为易肖解释着。

"乙丑，七月初八，辰时三刻，城西洛水泛，步止水引三百人众移沙治水。"

"丁卯，六月十五，巳时五刻，城东行脚商三人，贩大鸟于市。"

"戊戌，正月初四，申时四刻，城北迎灶神。"

"庚辰，十月二六，未时二刻，城南驿馆失窃，城防戍卫三刻缉盗。"

……

莞尔随手摆弄着外阁竹简，内心暗自佩服，这竹简所载洛阳之事，如此精细，就连行脚商贩大鸟此等小事都记录在案，此外，二刻失窃，三刻缉盗，曾经的步止水城主雷厉风行，治理英明，另一方面，看似简单的记录却将时间地点经过结果交代的清清楚楚，这分明就是洛阳城史料馆！

"少堂主，此处便是内阁入口。"行至外阁西南角，掌事停下了脚步，"虽然老夫也可出入内阁，但你娘所留竹简万万没有查阅，所载何事所挂何处数量几多，还需少堂主自行探寻。老夫在此等候。"

"多谢！"言过，易肖、莞尔进入了内阁。

拾壹
十一

内阁竹简藏玄机
莞尔一笑裂嫌隙

"如此之多的竹简，不知要找到什么时候？"易肖望着内阁四壁悬挂众多的竹简叹道，"这里记载了易散堂几十年来的大小事件，少说也有上万竹简，就凭你我二人，何年何月才是个头？"

"一笑哥，幽离师太也非平常之人，既然留此后手，定然会有什么暗示，也许只有你才能知晓。"莞尔安慰道。

"甲午，四月四，丑时初刻，易云天携易三郎、散异声于洛阳创易散医馆。"易肖毫无头绪地翻着地支子字类竹简，自语道，"甲午，四月五，午时二刻委散异声为主薄。"

"这大概是易散堂的前身吧。"莞尔若有所思地说。

"莞尔，散异声便是主薄，打小大家就以主薄相称，这么多年我都快忘了主薄的姓名。原来易散堂最初，只有父亲、三叔和主薄三个人。"易肖道，"后来易散堂逐渐壮大，这三个人要付出多少心血。"

"此话甚是，易大哥看这个。"莞尔手持竹简，递给易肖，"辛巳，正月初一，午时四刻，易云天娶望春幽离为妻，是月，依幽离计，重修月色楼，并委掌事。"

"母亲大人……"听闻幽离二字，易肖感伤，"母亲尚在人世时，时常反复告诫，父为阳外树东方，母为阴内领西方，东西之间万物众生，须常怀感恩之心，敬畏之意。"

"师父在世时也曾提过，糜离师太性格诡异，坐镇冬夏馆，于望春百害无一利，其行有违祖训，幽离性温婉，若非逐出师门，自当提领冬夏馆。"莞尔回忆着。

"清离……"易肖幽幽道，"如我母亲大人所言，母为阴内领西方，对于万物而言，常怀感恩和敬畏，清离好歹一门之主，看不见半点仁慈包容，凭什么将我母亲逐出师门？"

"这个……"莞尔刚欲开口，突然想到了什么，"等等，一笑哥，你刚才说什么？"

"清离好歹一门之主，凭什么？"

"不，上一句！"

"母为阴内领西方。"

"不错，西方，也许这就是幽离师太留给你的信息！"莞尔兴奋道。

"莞尔，你这猜测未免太牵强了。"易肖抱怨着。

"我看未必，易大哥也说过，这些话是反复告诫，若不重要，因何如此？灌耳音也罢，随便说说也罢，现在你我二人都无头绪，不妨试试！"

"也好。"看着面前的莞尔，易肖无奈笑道。

二人移步来到内阁西侧墙壁，依旧是密密麻麻的竹简，同其他墙壁一样，赭红、朱砂、流离草和家蚕组成了最普通的装饰。

"这西侧墙壁有什么特殊的？就连这装饰的图案都未曾变过！"易肖道。

"丹顶红，紫朱砂，望春草，冰雪蚕！"不知为何，莞尔惊呼。

"莞尔，你这是？"易肖不明就里。

"易大哥，这些装饰并非赭红、朱砂、流离草和家蚕，你莫急躁，仔细看。"

被莞尔这么一说，易肖一个灵醒，回头端详起来，"没错！这正是望春才有的装饰图案。"

"所以我方才所言？"莞尔俏皮道。

"莞尔说得对，是易大哥急躁了。"言罢，易肖恢复了以往的冷静，"这么说玄机就在这西侧墙壁的竹简中？只是这三五千的竹简，又从何找起呢？"

"一笑哥，且看且观。"

"丁卯，八月八，子时二刻，龙门山侧疫疾，城北分堂主赴，染疾，殁。"

"乙亥，腊月十五，寅时三刻，易散堂放天灯百余，以企平安。"

"行脚商二人，驾马车于洛水北岸。"

"云山之南现彩云，终日不散，谷口有水。"

……

"不对呀，一笑哥。"莞尔开口，"这后两个竹简行文和之前的都不一样，即无年份，也无时刻，甚是奇怪。"

易肖兀自念着竹简，竟没有半点发觉。

"的确奇怪，"说着，易肖仔细搬弄起竹简，"类似这样没有年份和时刻的，只有一少部分。"

"一少部分"几字蹦出，两人愣了愣，短暂的沉寂后，会心一笑，一左一右开始筛选。

阳光从内阁墙壁的孔洞溜进来的时候，两人终于凑齐了所有符合条件的竹简。

"除了刚才那两个，我找到了这些。"易肖摊开竹简，开始读到。

"流泉飞瀑，伏牛之顶。"

"水汽弥漫，八日月色阁。"

"且行且观，步止水南城车队。"

"得其正午，日晷无影。"

"时值秋凉，城中客不屯柴。"

"我也找到了几个。"莞尔将找到的竹简排列在易肖竹简之后，念道。

"望洛阳城西，现嵩山。"

"春暖花开，举火灶添衣物。"

"心如明镜，洛阳城缉盗不需城防。"

"法不阿贵，权贵可抵万金。"

"自城主府邸修葺之日，不见外民。"

"纳民轨物之文，皆废止。"

"之死靡它之志，绝迹易散堂。"

"都在这里了吗？"易肖谨慎地问道，"顺序没打乱吧？"

"所有行文有误的竹简都在这里了。"莞尔边说边逐个检查道，"一笑哥，我这是按照从墙上取下的顺序码放的，应该不会出错。"

盯着这排竹简，易肖陷入沉思："母亲为何会留下这样古怪的竹简，月色楼竹简向来谨慎精炼，挑出来的这些，非但没有年份时刻，就连内容都颇多蹊跷冗繁，伏宀山顶根本没有流泉飞瀑；月色楼存放竹简，如此重要的地方选址的时候定不会挑选潮湿阴暗之地，何来水汽；步止水城主素来在城南徒步巡游，从不安排车队；正午的日晷不见影子更是无稽之谈；秋冬季客商不屯柴违背常理。"

见易肖半天不曾言语，莞尔接过话来："一笑哥，之前的两个竹简，我就觉得有问题，行脚商不会出现在域北，云山南边彩云也不会终日不散，当时我还犹豫，现在看到这些，我更加确信这些竹简有问题。"

"哦？不妨说说。"易肖问道。

"嵩山不在洛阳的西边；开春不必添衣加灶；即便洛阳城内治安再好，夜不闭户，城防还是不能撤掉；权贵抵万金这和城主的理念万不相符；至于最后两个，根本就是胡说。"莞尔分析着。

听了莞尔一番言论，易肖再次对眼前这个人刮目相看，"没想初来洛阳，首入易散堂，莞尔便能有如此见地。"如是想着，又问道，"只是这些杂乱的竹简，不知所云，究竟想告诉我们什么？"

莞尔不再言语，而是摆出了标志性的动作，右手摸着脑门和下巴，心里在琢磨这什么。

"一笑哥，会不会是我们太过执拗竹简的内容了？"没过多久，莞尔开了口，"也许内容并不重要，要不我们换个方向？"

"你的意思是？"

"形式！"莞尔坚定地说，"既然内容如此反常，不如留意下竹简的形式。"

闻此言，易肖蹲了下去，再次打量起竹简："莞尔，也许这竹简的内容只是为了让我们找出它们！"

"正是！"莞尔不知想到了什么，突然激动起来，"一笑哥，还记得我们初次见面时你茅草屋中的诗句吗？"

"你是说那首藏头诗？"

莞尔微笑地点点头。

没成想易肖比莞尔还要激动，立马站了起来，重新审视起排竹简："如果顺序没错的话，应该是……"

"行云流水且得时，望春心法自纳之！"两人异口同声道。

言毕，易肖一把将莞尔拦入怀中，激动之情溢于言表。

"一笑哥……"莞尔羞怯道。

意识到自己的举动，易肖慌忙松开手臂，堂堂男儿竟也不好意思起来。

"一笑哥，话又说回来，这竹简虽是看懂了，望春心法如何纳之？"莞尔心中不免疑问。

"虽不知这心法我娘从何而来，也不知尚在何处，但能确定的是，肯定不在这月色楼中，走吧，我们先回去，掌事还在外面等着我们呢。"易肖眼中充满笃定。

言罢，二人快步撤出月色楼，掌事见堂主出来，心中已然明了，没再多问，几人迅速往易散堂赶去。

却说三人踏进光华厅，主薄及众堂主早已分列左右，眉头紧锁，脸色焦虑，三叔却不见踪影。而阿弦独自跪在厅堂之下，俨然发生了什么事情，气氛变得紧张异常。

"主薄，出了何事？"易肖不明就里。

"……"主薄不语，片刻，"还是请少堂主自己问阿弦吧。"

"阿弦，何事如此？"

"少堂主，阿弦不敢言。"阿弦怯懦道。

"吞吞吐吐，有何不敢言，说！"易肖厉声道。

被易肖这么一喝，阿弦不敢再怠慢，跪在地上头也不抬颤抖道："清晨，少堂主赴月色楼，我依主薄吩咐去蓼茗姑娘房中送药，不料……"

"不料什么？师姐她怎么了？"听闻师姐之事，莞尔赶忙蹲下，双手搭在阿弦肩膀，忧心问道。

"我看见，我看见三叔含血倒在房中，蓼茗姑娘夺窗而出。"说罢，阿弦与莞尔四目相交，眼神中充满恐惧，身体不由得一抖，似乎很害怕眼前这个人，"三叔的手中，手中还握着一枚银针。"

"你是说师姐重伤三叔？不可能！"莞尔瞬间大喊了出来，"师姐不是这样的人！三叔现在在哪？我去找他！"

"莞尔！"易肖大声道，"先冷静一下，现在还不是时候。"

"一笑哥，这一路走来，穿沼泽，闯古墓，过伏牛，师姐所作所为，咱们都看在眼里，三叔主薄躬身为师姐医治眼疾，师姐岂能恩将仇报？"莞尔激动道。

"阿弦，你看清楚了吗？将你所见一字一句说来，不可有半点遗漏！"易肖没有接话，反而转身询问起阿弦。

"今日伙房当值阿离，阿离煎上中药后便去后山打柴，嘱咐我按时送药，药煎得差不多了，我就给蓼茗姑娘送去，行至屋外，听到三叔一声惨叫，赶忙推门进去，这几日都在为蓼茗疗伤的三叔已经倒地。"阿弦不敢半点隐瞒。

"破窗而出之人，你可识得？"主薄开口问道。

"阿弦进去的时候，歹人正在破窗，正脸无法看清，但是衣着定是蓼茗姑娘无疑！"阿弦回忆着。

"什么歹人！你也说了，只是个背影，正脸无法识得，仓促定论，为时尚早！"莞尔辩解道。

"莞尔！"易肖提高了嗓音，"是与不是暂且不论，阿弦看在眼中确是事实，当下我看只能去问问三叔了。"

"易大哥？你也在怀疑师姐？"莞尔不敢相信自己的

耳朵。

易肖依旧没有理会莞尔，只是踱步主薄身边，低声道："三叔情况怎样？"

主薄摇摇头："老朽看过，针入龙骨，性命垂危，尚在昏迷之中。"

易肖听闻眼神恍惚，嘴角动了动却没有说话。

"龙骨一脉，存于人背，唯偷袭不可得手，况且三叔武学医学颇有建树，除非是不设防之人……"主薄仿佛在暗示什么，"少堂主放心，老朽定竭尽所能保三叔性命！"

易肖指间搓揉着眉心，乱了心绪，长叹一口气，"阿弦，带莞尔姑娘下去休息吧，此事容我细想。"

"一笑哥！"

易肖不再理会莞尔，挥了挥手，径自回房去了。

一声未出的掌事依旧默默不语，只挥一挥手，示意众人退下，没有过多的交流，待众人散去，转身寻易肖去了。

半时辰后，易肖房中。

"主薄，您老果然在此。"似乎早就知晓主薄行踪，掌事微微一笑，"这么说来，老夫猜得不错了？"

"掌事高明。"主薄拱手相赞，"如此看来，这耳目今天就在堂中。"

"没错，先前二位曾说城北宗堂的一举一动慕二一派都掌握得清清楚楚，想必是有耳目混入，但是易散堂人数众多，调查起来难免打草惊蛇，这次月色楼之行，只有堂中少数人知道，三叔和主薄又难得落单，正是他们动手绝佳的机会。"易肖言道。

"只可惜动机尚不明了。"主薄摇摇头，"还让三叔着了道。"

"主薄，当初您和三叔决定分头行事，就是为了查明真相，必定有所防备，如今眼看要水落石出，不要和我卖关子了，依我看三叔的伤恐怕也无大碍。"掌事了然于心。

"哈哈哈，不愧是掌事，一眼看破。"易肖笑道，"三叔自是没事，这点伤怕也奈何不了三叔，只是苦了莞尔，现在还被蒙在鼓里。"

"莞尔姑娘善解人意又聪慧过人，日后定不会责怪于你。"主薄补充着，"如是说，咱们可以想想究竟是何人所为了吧？"

"掌事，光华厅上你一言不发，定有高见！"易肖询问。

"少堂主，主薄，请二位仔细想想，知晓我们行踪的人都有谁，另外今天光华厅上又少了谁？"

"除了蓼茗姑娘和三叔，知晓此事却没在场的只有一个人！"易肖努力回忆着，"难道是她？"

"十之八九！"主薄肯定地说，"既然这样，我们三人明日就行动，眼下还请少堂主沉住气，明日去莞尔姑娘那里和老朽唱完这出戏。"

拾贰
十二

将计就计破绽引

暗渡陈仓理头绪

"异乡自当重，客居举箫笙，凭栏望春远，独自莫悲风。"

油尽灯灭，如斯长夜，辗转反侧，彻夜难眠。念叨着望春的歌谣，想起师姐的境遇，莞尔心绪复杂，"师姐，你在哪里？"

眼瞅着日上三竿，再这样等下去不是个办法，于是收拾行装，准备独自寻师姐去。

房门推开的一刹，却发现易肖、主薄、阿离、阿弦已然站在门外。

"一笑哥……"莞尔侧目，回避着众人眼神，不知从何说起。

"莞尔姑娘，这是要走吗？"伸手挡住去路，主薄于先开了口，"恕老朽直言，你们的嫌疑尚未洗脱，若是就这样走了，如何给三叔交代，又如何给易散堂上下交代。"

"主薄，我……"莞尔无言以对。

"莞尔，主薄所言不差，事情暂不明了，你这样一走了之，只会平添非议，不如先回房中，听我一言。"易肖道。

见众人皆如此，莞尔只好回身，随大家围坐桌边。

阿离奉茶，易肖抿了口茶水，开口道："此事无论是否你师姐所为，都被阿弦看在眼中，当下三叔重伤昏迷，续命尚且艰难，当面求证更是难上加难，除了尽快让三叔清醒过来，剩下的就是要找到蓼茗。"

"一笑哥，我师姐绝非痛下杀手之人！"莞尔依旧坚定。

"我也相信蓼茗为人，但既非她所为，为何要夺窗而出呢？"

"……"莞尔没了主意。

"自打你们进入洛阳城，慕土派的眼线就日益紧盯，各大街慕土之流人数激增，易散堂外更是凭添了诸多商贩，明眼人自然明白这是何故。依老朽看，此事和慕土一派也脱不了干系。"主薄捋了捋胡子，"我易散堂向来不惹尘事，但这次发生在宗堂内，三叔不管是不是被蓼茗所伤，蓼茗是不是串通慕土派，都不重要，重要的是慕土派已经开始行动了，这般无所顾忌，想我易散堂百年基业，不得不有所应对！"

主薄言及师姐，莞尔不悦，可如今事实摆在眼前，到了喉咙边的话又咽了回去。

"正是，这次来此，就是为了告诉你我们下步的计划。"易肖接过话，"莞尔，今夜亥时三刻，随我们潜入城主府邸一探究竟。"

"潜入城主府邸？"莞尔略惊，"不是人言步止水城主大义，我们这么做？"

"从前的步止水城主令人敬仰，现在的城主，哎！"掌事道，"就算不是为了易散堂，为了整个洛阳城，为了你师姐的清白，我们也必须走这么一遭。"

"莞尔明白了。"嘴里答应着，心里满却是疑惑与不解，莞尔心想，不妨与易大哥同去，弄个明白，还师姐清白。

"好！切记，不要走漏风声。阿弦再去看下三叔，确保无恙后立刻回来，阿离替大家火速收拾行装。亥时三刻出发，不得有误。"主薄安排着。

阿离阿弦先行退下，易肖拍拍莞尔的肩，环顾了下主薄和掌事，道："趁着还有点时间，抽空去看看三叔吧，我们先去准备了。"

莞尔颔首，大家陆续离去。

摆弄着桌上的空茶杯，回想着刚才的事情，莞尔心中疑问："现在已时二刻，距离亥时三刻还很久，既然事关重大，主薄为何不即刻动身？再者先前我要去找三叔，一笑哥不让我去，现在为何又让我独自前往探望？"越是这样想，越坐立难安，索性闭了门，径直奔向三叔房间。

三叔房外，莞尔站定，破损的窗户已经被人用竹木临时遮蔽了起来，师姐先前就在这里医治眼疾，此情此景，想到夺窗而出的师姐，心中又一阵酸楚。敲了敲房门，无人应，莞尔轻推屋门，竟然顺势就打开了一人有余的缝隙，莞尔错愕，侧身询问，依旧无人回应，于是小心翼翼地探身进去。

前脚进入屋内，后脚门就被人关了起来，定了定睛，三叔竟然站在身前！

"三……"言语未起，莞尔便被人捂住了嘴巴，余光看去，易肖指头放在嘴边，示意安静，见莞尔不再做声，撤回了捂嘴的手。

回过神来的莞尔，看看屋内，三叔还有阿弦在桌边坐定，三叔微微笑着，看着莞尔，仿佛什么事都没发生过一样。

知道莞尔心中疑惑，易肖递上一张纸，示意莞尔过目。

莞尔看后，又惊又喜，纸上工整的写到："蓼茗冤，贼寇现，主薄掌事设局，我等四人静候传音！"

莞尔回头望着三叔，一脸不可思议的表情，三叔依旧笑脸相迎，只点点头，做了一个稍安勿躁的动作。

午时四刻，光华厅方向突然一声震天炮仗，易肖大喊：

"就是现在！快！贼人现身了！"言罢使出行云流水，一马当先冲了出去。

莞尔来不及多想，影步就跟了上去。

所有人都集中在光华厅前院后，眼前的一幕，越发的让莞尔费解，只见主薄掌事一前一后，兵刃在手，将一个熟悉的身影隔在中间，手中似乎拿着一封书信。

那人竟是，阿离！

九转还魂刀在掌事手中幽幽地发着暗光，掌事干了口："阿离，你这个叛徒，做出此等卑鄙龌龊之事，如今还有什么可说的？"

阿离不语，兀自站着。

"若非掌事提醒，还真的着了你的道，易散堂这么多年待你不薄，为何打伤三叔，嫁祸蓼茗？"主薄恼怒道。

阿离依旧不语。

"先前我就奇怪，伙房当值不得擅离职守，你煎好中药却叫阿弦去送，言称后山砍柴，看似天衣无缝，实则是腾出时间谋害三叔，陷害无辜！"易肖从众人中踱步出来，冷静地说道。

"阿离，我师姐现在何处？"莞尔不由得发问。

阿离却仍旧不吐半字。

"今日老夫与大家商议，亥时三刻潜入城主府中，就是说给你听的，没想才个把时辰，你就忍不住去通风报信！你手中之物恐怕是密信吧。阿弦自莞尔姑娘房间出去，一直藏在老夫屋内，先前老夫还曾抱有些许想法认为不会是你，在堂六载，我等待你如亲人，没想你竟会是如此！"远处的三叔终于发声。

闻此声，阿离身体不禁抖了一下，终于开了口，不可思议道："三叔？你竟然没事？"

"老夫好歹习武数载，这点伤还奈何不了我。当日伙房是你当值，你来到蓼茗房中欲行不轨，未曾想老夫正在给蓼茗疗伤，当时老夫就觉得你眼神闪烁，只是未曾怀疑，以为你是进来例行照看蓼茗，谁知碰巧门外阿弦前来送药，言道'阿离后山打柴，我来送药！'你见事情败漏，趁我不备偷袭于我。得手后伺机逃脱，是也不是？"三叔质问。

"还是三叔老辣。"三叔一番话后，阿离一改从前内敛性格，勾起嘴角，恶狠狠地道。

"若老夫猜得不错，阿弦进屋的一刹那，你从窗户遁去，阿弦并没未看到你的身影。"三叔肯定地说。

"没错。"阿离言语尽是嘲讽。

"只不过人算不如天算，当时蓼茗的眼伤已经基本痊愈，不过七经八脉尚未恢复，还不能言语，见到你行凶后夺窗而去，蓼茗随即追了出去，身影恰好被阿弦看到，你这一石二鸟的如意算盘打得可真好！"三叔提高了声音。

"只是你龙骨一穴被我所伤，竟然恢复得如此之快？这是我没有料到的。"阿离发问。

"你也在易散堂这么多年，岂能不知龙骨一穴的要害，不过我稍加防备罢了，化去你招数大部分力道，但毕竟是死穴，当下昏死了过去，说到这里，还要谢谢蓼茗姑娘，若不是她及时出手相救，追了你去，再被你补上一招半式，老夫命休矣！"说着，三叔转头看了看莞尔。

听到这里，所有的谜团迎刃而解，莞尔杀将出来，却被易肖挡在身后，无奈只能发问："我师姐明明追你而去，现今她人何在？"

"哈哈哈。"没想到阿离竟然笑出声来，"三叔，你刚才也曾说到人算不如天算，难道你以为我会一个人行动吗？"

"此话何意？"易肖问道。

"蓼茗此刻估计已成了刀下亡魂，可惜可惜了！"阿离挑衅着。

"你说什么？"莞尔愤怒道，趁易肖不备，影步突现，拈针于手，寒冰凝露飞了出去。

莞尔的动作太突然，别说易肖来不及反应，就连站在当中的阿离也没来得及反应，但见银针嗖的飞来，下意识地举手扭头闪避，却还是避之不及，银针结结实实地刺入了阿离的面颊！

阿离颓然倒地，几番挣扎爬起，最终靠着单膝勉强支撑起身体，右手捂着面颊，喘着粗气，却发出诡异的笑声："人言望春针法阴柔犀利，今日一见，也不过如此。"

莞尔大惊，被寒冰凝露针直接命中面门，竟然还能站起来，先不说招式如何，就是被寻常之物击中脸颊，也会昏死过去，眼前之人着实让人害怕。

其余众人也是惊诧异常，阿离乃易散堂一介随从，怎会有如此气力硬生生接下寒冰凝露针。

易散堂帮众陆续赶到院中，将阿离里三层外三层围住，自知无法逃脱的阿离长叹一声，柔弱的女子声音换作低沉男声："哎，原本还想在此待个一年半载，没想到数月就被识破，既然如此，休怪我动粗，这身皮囊早就厌倦了！"

说完，右手从肩部开始撕扯，直至头顶，一张人皮面具就被拉了下来，这面具之后，竟出现了一副男子面孔！未等大家反映，男子振动双臂，拳心相对，内气爆发，震碎了外面的衣衫。待碎片落地，动静渐小，一个上身半臂赤裸，麻绳缠绕，下身裙摆，身影飘摇之人出现在大家面前。

"慕土门人！"已经有了心理准备的莞尔见到这身装束，依旧无法平复，"这是……易容之术！"

"原来如此！"易肖突然明白了什么，侧身对主薄言道，"我们一心只惦记慕土眼线，却忽略了如此重要的事情，能在我易散堂来去自如，易容才是关键！"

"再配合柔拳，以静制动，护本体无伤，寒冰凝露针才会被卸去大半力道。"主薄后知后觉，接着又一阵后怕，心里嘀咕，"易散堂中恐怕还有更多易容之人！"

"想当年在少林，悟色大师以武会友，我与慕土掌门人有过一面之缘，掌门慕城血乃我前辈，洒脱不羁，功夫更是了得，如今为何差你们潜入我易散堂？究竟有何目的？"话语轻描淡写，眼前之人却不可小觑，众目睽睽之下能在易散堂瞒住所有人这么久，易肖拳心直冒冷汗。

"那个老匹夫，冥顽不灵，早被我们收拾了，现在被囚禁于天山慕土派绝壁之上，所为何事，易堂主又何必过问？"

听闻此言，易肖暗惊，难不成慕土派也易了主，少林因晚五多变故，望春因清离遭坎坷，究竟发生了什么？但是，易肖明白，此刻任何疑惑都不能表现在脸上。

"也罢，慕土自己的事由不得别人多嘴，但你扰我易散堂，潜伏数日，暗通慕土，害我三叔，掳走蓼茗，现在又搭上阿离，这个账今天一并算了！"说着，易肖影步瞬身过去，百步穿杨之术直指对方眉心。

"这是武陵古墓中最后的杀招！一笑哥竟直接使出，是要一招分胜负吗？"这样想着，莞尔腰间银针划出，随时准备策应。

但见易肖亦左亦右，回春步伐顷刻间袭至对手面前，右臂伸展蓄力，穿杨剑气就涌了出去。

灼热的气流凝聚一点呼啸而至，几近眉宇，眼见就要成功，这慕土之人身边却烟尘四起，从脚下土地向上流转，身影就在这烟尘之中渐渐淡去，剑气穿越烟尘的一刻，身影消失得无影无踪。

"这土遁之术如此之快？影步也无法跟上？竟然不需起式直接遁去！"扑空的易肖，被这招式着实摆了一道，心中不忿。

"一笑哥，身后！"莞尔道。

易肖调转身体，不远处同样的烟尘再度流转，这慕土之人出现在当中，挑衅地看着易肖，道"慕城血想必是老糊涂了，竟然说望春影步独步天下，幸好老子一早收拾了他，要不然我慕土一派，何时能扬名天下？"

眼前之人难缠至此是易肖所料不及的，然而有了武陵古墓的教训，易肖不敢再仓促急躁应对，打量着对方，心想："行云流水说不定可以与之周旋。"

易肖聚气，步法随之出现，众人的目光尚未跟上易肖的身影，易肖便已闪现在对方的身侧，这慕土之人显然没有料到易肖会使出行云流水，老堂主的招式，经过望春影步的加持，颇具威力，仅一瞬，胸口着实挨了一掌，荡开数丈。

看到行云流水有了奇效，易肖趁胜追击，这次单掌变成拈针，这架势似乎要一招拿下。

寒光将至，针出如龙，锋芒爆发的一刻，一道白色闪光从院落围墙之处倾泻而下，直指易肖双目，眼见易肖来不及闪躲，莞尔影步就要使出，却被人扯住胳膊制止，回望，掌事提刀相迎，没有片语，手中的九转还魂刀就甩了出去，有形刀刃和无形白光接触的刹那，轰的一声，白光炸裂，刀刃具碎。

"九转还魂刀果然非寻常之物，只是这刀已经碎去，接下来又要如何呢？"八席黑衣出现在院墙之上。

"这白色的闪光、黑色的装束！"莞尔大惊。

"八卦阵法！"见势不妙，主薄单臂挡在易肖和掌事身前，急忙言道，"肖儿，伏牛山上你们侥幸破解阵法，这次不可妄动！"

"老四，你也会狼狈成这样？"院墙上的黑衣并未理会主薄等人，反倒嘲笑起院中慕土之人。

闻此声，主薄心中努力回忆着老四这个称呼，似曾相识却一时半会无法记起。

"真是诸事不顺，还未尽兴。"老四悻悻道，"二哥让你们至此，想必是要召我回去了？"

几人自顾自地说着，全然忽视其他人，嚣张至极惹得易肖阵阵不悦。

"真是阴魂不散！"易肖道，"从伏牛山到易散堂，现在又和慕土鬼混在一起，八卦阵法本出自望春，现在倒戈相向，说你们欺师灭祖不为过，究竟是何目的？还有你慕土派，如今看来，洛阳城乱成这样，城主不知所踪，和你们也脱不了干系。新仇旧恨今日不了，谁也休想离开！"

内气不觉汇聚，行云流水又现，三枚银针径直飞向老四，易肖身影却已然出现在院墙之上。

老四后撤几步避过银针，就要发力近身，突然被莞尔纵身挡住了去路。

"你把我师姐怎样了？"莞尔厉声道。

老四恶狠狠地看着莞尔，不出声，余光却瞄着墙头的一举一动。

没了老四的阻碍，此刻的易肖，步若行云，影如流水，指缝满针，不等八卦阵落阵，就向乾西北方向抢了先手去。

"慕老四！这小子活着始终是个阻碍，不如我们替你宰了他！"领头的黑衣不慌不忙，朝着老四喊道。

易肖距黑衣不足五尺，借着几人说话的空当，十指交错，不经意间数枚银针攒成一股，所有的穿杨内气尽灌注于银针之内，这股银针也跟着发出灼热的气流！

四尺！

"慕老四……"主薄还在费力地回忆着。

三尺！

"刚才提到了二哥……"

二尺！

"'血竭髯枯'？糟了！"

一尺！

易肖大喝一声，百步穿杨就要离手，眼见银针起落，运气的臂膀突然一沉，两股内气竟在此时相冲，气血逆转，胸口阵阵闷痛，这臂膀就没了知觉！穿杨之力毫无章法地击发了出去。

"不好，肖儿，快撤！"主薄道："莞尔，你也不要冲动，他叫幕城枯，慕土排行老四！"

眼见情况不妙，黑衣人蠢蠢欲动，易肖又内气紊乱，多年没有出过手的主薄此刻也顾不了太多，腰间卸下布袋一个，朝着黑衣方向就扔了过去。

这布袋普通的抛掷，并未引起黑衣警觉，其中一人随手一挥就劈裂了布袋，谁知这小小布袋，里面装的药粉遇到空气便迅速膨胀开来，颜色顷刻变深，浓黑的粉尘混杂起雾将八席黑衣笼罩在内。

掌事眼疾手快，趁乱跃上院墙就把易肖拽了下来。

见易肖无恙下来，莞尔也退至掌事身边，静观事情的发展。

"喊。"幕城枯咂咂嘴，"散异声宝刀未老啊，洛阳第一炼药师，能把药材和武学结合如此精妙，我算是见识了。"

"你们还不下来？在上面看热闹吗？"幕城枯歪着脖子，一脸嫌弃地朝黑尘方向喊去。

话音刚落，黑雾中的黑衣人掩着鼻息迅速地出现在幕城枯身侧，似乎并未受到多大影响。

"真是麻烦，老子在易散堂待腻了，一起上吧！"这次，幕城枯先开了口，"几个黄口小儿、没了刀的掌事、久疏战阵的主薄，料得也不足为惧！"

"老四，这次就到这吧，别忘了你的目的。"幕城枯正要动手，谁知遭到黑衣劝阻，"墙外来了几个难缠的家伙，时机尚未成熟，再说你脑袋里装的东西远比这几个人性命更重要。此地不宜久留，二哥还在等你。"

　　主薄虽然不知来了什么人，但继续纠缠下去，对易肖的伤势万分不利，只得忍着不言。

　　"主薄，难不成就这样让他们走掉？"莞尔不依不饶。

　　"莞尔姑娘，还记得老朽给你说过肖儿内气的事吗？"

　　"您老是说？"

　　主薄点了点头，莞尔方才大悟，担忧地看着易肖。

　　双方默契地撤开距离，一阵烟尘四起，黑衣人和幕城枯遁去不见了踪影。

好恶不愆祛内气

不测之忧哀清离

　　光华厅外，易肖已无力挪步，阿弦差人端来椅子，众人就地落座，莞尔搀扶着易肖，易肖则大口大口喘着粗气。

　　"主薄，易肖心有不甘。"

　　"肖儿，刚才的情况你也看到了，慕老四说得没错，没了刀的掌事、久疏战阵的老朽，就是加上刚刚伤愈的三叔，怕也不是这八卦阵法的对手。现在当务之急是想办法解你性命之忧。"主薄口中虽在安慰，心里却无法平静。

　　"主薄，是易肖狂傲了，没想这内气相触来得如此突然，险些害了大家。"易肖自责。

　　"少堂主，方才过招时望春影步和易散堂行云流水交替太过频繁，加重了身体负担。"掌事道，"而后又犯了大忌，同时催动两种功法，这才是主薄力阻动手的真正原因。"

　　易肖不语。

　　"掌事，莞尔仍有一事不解。"

　　"姑娘是想问这九转还魂刀一事吧。"

　　"正是，震卦白光伤我师姐双目，即便是掩招，威力也不可小觑，这普通的刀竟然能挡下？"

前尘往事·九转还魂刀

　　"掌事，我思虑再三，此番和云天进入武陵古墓，只怕凶多吉少，肖儿尚年幼，这九转还魂刀自三代掌派传下至今，不能在我这里落入他人之手。"幽离言道。

　　"万万不可，这九转还魂刀可是和少林柳月寒刀齐名的神兵，望春四代掌派将它托付于你定是有原因的，老夫不能受。"掌事惶恐道。

"昔日师父传我九转还魂刀，是为历练我，待时机成熟接任望春第五代掌派，可以说这刀的意义并不仅仅是神兵这么简单，但是如今的我又有何颜面再去接任掌派？"幽离看了看易云天，道，"师父不废我武功已是仁慈，我思来想去，这刀还是交你保管，日后肖儿若成器，你可交与他代管，择机归还望春，若不成器，还烦劳掌事辛苦跑一趟。"

"这……"

"掌事不必多言，关于九转还魂刀，还有个秘密你必须知道！"

"这刀并非寻常之刃，乃辛巳年洛阳城北陨铁打造，本就天上之物，尖可斩黑暗，柄可纳流光，跟了老夫多年了，还有，算了……已经碎了，不提也罢。"掌事欲言又止，"不过这次识破慕老四易容之术，我们可以肯定，所有的一切确实是慕土在作祟，老夫断言，阿离和蓼茗不会有事！"

"没错，慕土混入易散堂，显然是为了打探什么，目的没有达到前，阿离和蓼茗对他们还有用。老朽没想到的是，血竭髯枯四兄弟亲自出马，竟然是慕老四混了进来。"主薄接过话，"不过令人意外的是，交手期间占尽优势却匆匆离去，肖儿，这事和你有关吧。"

"主薄明见。"易肖抚胸轻咳几声，"当日我们计划潜入城主府邸，一窥究竟，三叔又受了伤，我怕多生变故，就放出了传音蝶，召六门遁甲神兽前来相助，谁知歪打正着，碰到我们在八卦阵中缠斗。"

"原来如此，好险，若不是遁甲神兽适时出现，哎。"主薄后怕，"快请他们现身吧。"

易肖挥了挥手，六席黑衣出现在院落之中。

"易少侠，我等来迟一步，恕罪。"六人行礼赔不是。

"无碍，不关你们的事。"易肖依次引荐后，接着道，"八卦阵法竟然和慕土沆瀣一气，实在令人愤恨。"

看着散落地上的刀刃，又看了看易肖，遁甲神兽心中已知大概，历经了战斗的易肖，内气失衡，命在旦夕。

"老守护使担忧的事，还是发生了。"其中一名黑衣言道。

"如今该当如何？还请前辈赐教。"想到易肖的情况，莞尔担忧道。

黑衣沉默，良久。

"恕我等学浅，这内气相冲还须内功心法化解，只是这望春心法我等也未见过！不知易散堂可有内功心法留存？"

"易散堂治病救人，创派百年，只留医书，不留心法，所有的武学皆口耳相授，既是老堂主定下的规矩也是怕贼人盗了去。"掌事回忆着，一旁的主薄也跟着点了点头。

"这可如何是好？"莞尔自语，"少室山就在洛阳外不远，不然我们去求助悟色大师？"

"不妥，肖儿体内已有两股内气，不能再强加其他，当前之计，最好的办法是用望春心法化之。"

"主薄所言极是！"掌事开了口。

"只是这心法去哪里找？"说到心法，月色楼之事又浮现在莞尔眼前，于是转向易肖，"一笑哥，不妨从竹简着手。"

"竹简？"黑衣人问道。

"一笑哥，现在我们已没有退路了，告诉大家幽离师太留下的话吧，也许几位前辈有办法。"

听到这里，主薄和掌事异常严肃了起来。

易肖考虑了片刻，想到一起经历这么多事，塈理了下思绪，道："母亲大人只留下了一句话'行云流水且得时，望春心法自纳之。'"

"如此说来，肖儿有救了？"想不到平日沉稳的主薄竟也如此激动。

"也不尽然。"易肖叹气道，"这就是仅有的信息了，唯一能确定的是心法不在月色楼中。"

"主薄、掌事，幽离师太的这句话已经让人很费解了，后来又多生事端，一笑哥和我无暇顾及，便忽略了此事。"莞尔无奈。

一时间众人陷入了沉默，没了注意。

"我们倒有个办法，不如一试。"黑衣人打破沉默。

"哦？前辈请讲。"

"望春弟子出风雨泽都会随身携带引路蝶，不知莞尔姑娘身上还有几只？"

"仅剩一只。"

"一只就够了，这引路蝶颇具灵性，破茧于望孝，临死的时候更会依附着望春，但和传音蝶相比，有着特殊的习性，都说落叶归根，这引路蝶更是如此，在生命结束的时候，会逐渐失去光芒并择良处静落，悄悄地死去。"黑衣解释着。

"这有何用？"易肖一头雾水。

"易少侠，且听我言。"黑衣比划着，"引路蝶死前，会寻找一个合适的地方静落，而这个地点必定是和望春有关的地方或者物件，这是它特殊习性决定的。"

易肖还在回想着这些话，莞尔已经大悟，道："前辈的意思是，放出引路蝶看它最后落在哪里，兴许能找到。"

"正是，所以引路蝶在望春不仅可以引路，更能寻物。但这次也只是猜测，如果心法真的藏在易散堂某处，散发出的陈年气味也许会被识得！"

莞尔摸摸腰间的锦篓，心中燃起一丝希望。

"易少侠的内伤不可延误，莞尔姑娘，请立刻行动吧！"黑衣人催促着，"在下斗胆请掌事相助莞尔！"

"好说好说，老夫对易散堂一草一木了如指掌，能助一臂之力，莞尔姑娘，请吧！"

看着虚弱的易肖，莞尔鼻尖一酸，师姐生死未卜，一笑又受伤在侧，顿时心绪不宁忧从心生。微微安了下神，引路蝶从锦篓放出，这蝴蝶在半空盘旋了一会，就像读懂了主人的意图一样，带着幽幽的光亮就向易散堂深处飞去。

"也许这是唯一的机会。"想着，跟随掌事一前一后追了进去。

周遭安静了些，主薄开始为易肖调息探脉，这两股内气一股自天灵盖向下涌动，一股从足底向上流转，行至腹部肚脐之处开始纠缠抵触，已经到了阴阳相克，水火不容的地步。主薄再度发力，始终无力将其分离。

"哎。"看着易肖肚脐周围紫黑，主薄叹道，"肖儿，老朽无能，且将这药粉服下，先行缓解郁积，此药粉可暂时压制内气相冲，短时间提升功力。"

易肖接过药粉，嘴角费力扬了扬，道："主薄莫要自责，是肖儿太过轻狂，自以为驾驭得了这两股内气，未纳主薄直言。"

"当下之际，只能祈祷掌事他们顺利找到心法了。"

"主薄，为何不见三叔？"易肖岔开话题。

"八卦阵法出现的时候，三叔与我耳语，说镇外有异样，而后悄然退去。"主薄道，"三叔一贯如此，秉性谨慎，想必又是发现了什么，不必担心，不时自会归来。"

"也罢，这么多年三叔和主薄立撑易散堂不倒，颇多作为，倒是我易肖，身为堂主终日浑浑噩噩，一心只想着报仇，如今回来了却又如此，内不能清耳目，外不可御贼人，就连自己的命恐怕都无法保住，连累了大家。"易肖自嘲。

主薄不再言语，单手搭在易肖肩膀，俨然一副长辈疼惜之状。

"易少侠，还有一策，可解性命之忧。"一旁的黑衣开了口，"不过此法过于凶险，不知愿意试否？"

"还有什么比现在更糟的，但说无妨。"

"上上策依然是用望春心法化解，但是万一……"

"六门神兽请直言！"主薄插话，坚定道。

"望春二代掌派玄叶之所以将八门遁甲神兽去其惊门、死门两门，为的正是削弱这神兽的力量达到制衡的目的，如今的六门已大不如前，对抗八卦阵法只有抵抗之力而无还手之功，易少侠可知为何？"

"不知。"

　　"那是因为遁甲神兽，八门齐开，所有内气经络可在八人之间相互流转，对抗时每门可爆发出其他七门的特质，也就是说八门遁甲神兽实际上可以变幻出五十六种不同的招式，威力巨大！"

　　"这对肖儿而言，有何帮助？"

　　"主薄，刚才所言是八门遁甲对抗外敌时的状态，而对于八门自身而言，因为内气互通流转，所以但凡有一门内气紊乱，皆可分摊至其余七门之上，也就是说，化大疾为小恶，避重而就轻，这才是八门遁甲真正可怕的地方！"

　　"先前只闻遁甲神兽可怖，不曾想竟此般厉害，难怪可与八卦阵法相提并论。"主薄叹道，"老朽斗胆猜测，这八门流转之功，也可用来续命！"

　　"正是！"

　　"只是不知此法因何凶险？"

　　"欲解易少侠之忧，须借助八门的力量，而今只有六门，除了少侠本人之外，还要找一个人，此其一；其二，八门的选定历来都要经过层层筛选，并通过五行阴阳变幻的考验，最终成为神兽，届时，如果控制不好内气流转，会气血逆流而亡；其三，也是最重要的一点，一旦成为八门遁甲神兽，终生不得叛逃，否则会被其他各门追杀，直至消亡。"

　　"你们的意思是，让我成为遁甲兽一员？"易肖问道。

　　"没错，补齐惊死两门，重现遁甲本初！易少侠虽不是望春门人，但和望春颇有渊源，又是守护使之子，如今非常时期，当丢弃繁文缛节，不必循规蹈矩。此外，这另一个人……"

"我易肖将死之人，又有何畏惧。"不待黑衣人言罢，易肖摆摆手道，"各位前辈，无需多言，在下明白你们所指何人，不过此事乃我易散堂之事，与莞尔无关，莞尔身负天山寻药重任，事未过半，师姐蒙难，在此地已耽搁多日，实在不妥，不妥不妥。"

"易少侠，如若望春出现重大变故，你依然认为和莞尔无关吗？"黑衣问道。

"重大变故？"易肖一怔，"清离师太亡故，便是重大变故，还有什么事比掌门遇难更严重？"

"清离亡故，自有縻离主持大局，但縻离也不见了踪影，易少侠觉得是小事吗？"

"什么？縻离师太也离开了望春阁？"易肖不解。

"伏牛山一别，我等星夜返回望春探查消息，却发现风雨泽内遍布引路蝶，看这阵势应该是很多人出了望春，这种情况只有当年天山疫病时才出现过，很是反常。回到望春之后，竟发现望春几近散沙，只有春秋堂弟子守护着望春阁，而冬夏馆大门紧闭，不见一人。"黑衣回忆着当时的情况。

"可曾进入冬夏馆细细打探？"

"馆门紧闭，无人答应。询问春秋堂弟子，没人知晓缘由，眼见望春分崩离析，我等职责所在迫不得已破门而入，却发现……"

"发现什么？"易肖隐隐不安。

"冬夏馆内一地荒芜，縻离不见踪影，悬冰顶清离遗体也一并不见了踪影！"黑衣人倒是平静，一字一句叙述着。

话音至此，易肖心中早已翻江倒海，无法想象莞尔、蓼茗得知这个消息又将如何。

　　"这次我等前来，也并非因为易少侠的传音蝶，其实我们早已出发，专程来此，偶遇传音蝶和八卦阵法而已，再次见到这八卦阵法，更加坚定了内心的想法，望春大难临头！糜离不得不防！"

　　易肖沉默，众人也不言语，周遭静得可以听闻易肖喘息之声。

　　"肖儿。"主薄道，"依老朽之见，我们……"

　　"主薄，肖儿心中已然有决断，无论望春多么风雨飘摇，都不能就此撂下不管，此事就依神兽所言，我同意加入八门遁甲，但是计划要稍作修改，由我先尝试融入遁甲之列，生死有命，存亡在天。至于莞尔那边，暂且先不告诉她，待掌事回来后再做定夺！"易肖打断主薄话语。

　　"肖儿，可曾考虑清楚？"主薄问道。

　　"考虑清楚了，事不宜迟，我们即刻开始吧！"易肖言罢，示意黑衣。

　　"易少侠，请吧！"黑衣说着，六门遁甲之势便张了开来。

　　"老朽替你们护法！"主薄撤至一旁，暗暗续起内气，抿起嘴角，微微一笑，心中明了，此刻的易肖已不再是那个处事慌乱、乳臭未干的书生，他已经成为了真正的易散堂堂主。

易散堂　光华厅后门

　　引路蝶过处，微光映射浮尘，周遭竟也明亮了许多。

这蝴蝶在光华厅后门兜兜转转几个来回，顺着虚掩的门缝，挤了出去。

莞尔、掌事眼神交汇，推开后门快步跟上。

"掌事，这是何处？"莞尔问道。

"此地乃易散堂宗祠前院，平日里除了主薄来此打理，罕有人至。"掌事答道。

"这是为何？"

"此地除了供奉轩辕黄帝以祈平安顺遂外，还分列着易散堂所有人员的牌位，老堂主当年定下规矩，易散堂中人无论生死皆按等次设置牌位，置于轩辕黄帝两侧。"掌事回忆着。

"无论生死？"

"不错，无论在世与否，只要是易散堂中人，皆有牌位，这也是此地人迹罕至的原因之一。许多年轻的分堂堂主觉得人尚未离世便设牌位，不甚吉利。但又不便直言，于是就有了现在这种情况，只剩下易散堂创派之初的几人还坚持着初一、十五敬供轩辕黄帝。"

"恕莞尔唐突，老堂主当年在世的时候，也不曾过问此事吗？"

"这老夫也觉得奇怪，各派宗祠香火兴盛，唯易散堂另类，老堂主在世时，并未多言，似乎默许众人做法。老堂主如此，众人也就不了了之了。"

望着盘旋的引路蝶，莞尔不再言语，此刻寻心法救易肖和师姐的心情，瞬间将易散堂历史抛在了脑后。

引路蝶依旧在院中盘旋，时高时低，忽远忽近，光亮逐渐微弱，姿态却不像从前那般轻盈，目标也不似之前那样明晰。

"这引路蝶，为何这般？"掌事见此情形，不觉问道。

"不知道，这次和师姐出望春，我也是第一次接触引路蝶，仅在意如何引路。"莞尔道。

"看这光亮，大不如前，莫非这宗堂香火气息太重，扰乱了蝴蝶？"

"掌事无忧，引路蝶是灵性生物，风雨泽内疠气尚可抵御，这区区香火自然不成问题。"莞尔说着，定睛看了看光亮逐渐微弱的蝴蝶，突然眼神一亮，"方才遁甲神兽言道引路蝶将死，会失去光亮并择良地而栖，难不成？"

掌事听闻，心中一喜，快步跟上引路蝶，身影冲到了莞尔前面，没了九转还魂刀的刀鞘依然在腰间摆动。见到此景，莞尔鼻尖一酸，这九转还魂刀想必跟了掌事多年，为了救大家，刀刃具碎，刀鞘却依然不忍丢弃。这样想着，内心五味杂陈却更加坚定，这次无论如何都要救易肖和师姐，不能让大家的努力付诸东流。

引路蝶在院外幽幽地盘旋了一刻，在光亮即将熄灭的时候，突然向着宗祠的方向掉头滑翔，翅膀虽不再扑打，速度却不见分毫减慢，肉眼观之，仿佛快了几分。穿越宗祠大门的同时光芒散尽，没了动静。

两人丝毫不敢怠慢，一前一后跃进了宗祠。

掌事掌灯，环顾四周。灯光过处，二人眼神随即到达。

"在那里！"莞尔大呼。

顺着莞尔指引的方向，掌事望去，这引路蝶周身已没了光彩，暗淡异常，一动不动地停在不远处。

随着烛光的聚拢，掌事终于看清，这引路蝶所停，并非他处，竟是幽离师太的牌位！

"望春幽离之牌位"，七字赫然在目，莞尔心泛波澜，所谓落叶归根，这小小的引路蝶在生命的尽头也不曾例外，依旧眷恋着望春。

"这？"掌事犹豫道，"老堂主和夫人尚在时，牌位尚且神圣，只可远观。如今双双离世，更不可亵渎，古语有云'天下之大、唯离世之人勿扰'，如今这引路蝶停在了幽离师太牌位之上，该如何是好？"

望着轩辕黄帝神像及周边众牌位，掌事毕恭毕敬地跪下，深深叩首。

此时的莞尔，注意力却在牌位之上。微微靠近师太牌位，莞尔嗅了嗅，没错，这牌位所用木料的确是望春特有紫松木，再闻闻其他牌位，皆寻常木料。

见到莞尔此举，掌事抬头，不解道："莞尔，不可不敬。"

"掌事勿忧。"莞尔宽慰着掌事，眼神却从各个牌位依次扫过。

"掌事，莞尔有一问。"最后一个牌位看过，莞尔问道。

"姑娘请讲。"

"宗祠内所有牌位皆以'易散堂'三字开头，'易散堂堂主易云天之牌位''易散堂主薄散异声之牌位''易散堂易肖之牌位'。"莞尔顿了顿，转身望着另一边，接着道，"还有这里，'易散堂易三郎之牌位'等等，只有师太幽离的牌位以望春开头，甚是奇怪。按理师太当年嫁与老堂主，当以易散堂易云天之妻来设牌位才对。"

"也许当年幽离师太不想太过招摇。"掌事不假思索道。

"我看未必，也许有意为之。"

"有意为之？"

"幽离师太牌位所刻也许如掌事所言，不想太过招摇，但是为何单单这个牌位要用望春之木来打造呢？"

"这个，老夫不知。"

"望春之木，紫松为上，紫松林和清离草能隔绝风雨泽内疠气，保望春长久平安。引路蝶落在此处，定是被紫松木独有的香气吸引，依我所见，这一定是师太故意为之！"

掌事起身，掸了掸身上的尘土，开始对眼前这个望春门人刮目相看起来，道："姑娘的意思是？"

"师太，恕莞尔不敬。"未曾过问掌事，莞尔就要上前取下幽离牌位。

"莞尔，不可。"掌事赶忙阻止，"离世之人，切勿扰之，此举大不敬！"

"掌事！"莞尔听闻掌事所言，突然停下了动作，道："我想起来了，先前三叔说慕土一派初一宵禁，十五搜铺，甚至已关闭的城南分堂也被掘地三尺，似乎在找什么东西。"

"此言不差。"

"但是从未听闻洛阳城内庙宇、祠堂甚至佛龛遭到毁坏，慕土之流行为恶俗却始终畏惧神灵万分，不敢造次！"

"难道说即便当年幽离不知日后慕土作乱也留下此招，看破了世俗之人畏惧神灵，不会对神灵下手这点，故意如此？”一席话言毕，掌事惊觉。

“没错！然后再用紫松木打造牌位,已期望春后人！”

掌事再次对眼前这位望春门人刮目相看起来，心想少堂主执意要带莞尔姑娘进月色楼，看来并非没有道理。于是伸手，朝着莞尔做了一个“请”的姿势。

“晚辈得罪了！”面朝师太牌位作揖，莞尔快步上前取下了师太牌位。

“掌事，牌位中间是空的。”莞尔大喜。

事情到此，掌事全都明白了，一面叹幽离心思缜密，身后之事竟也考虑稳妥，另一面也叹望春才俊辈出，后继有人。

两人相顾，彼此示意，掌事点头。紧接着莞尔汇内气于掌心，一掌就劈开了牌位。

紫松木碎裂，一张包裹成卷的牛皮纸掉落了出来。

莞尔捡起端详，惊现“望春五部，心法总集”八字。

“未曾想这心法竟然藏在这里。事不宜迟！我们即刻返回！”

掌事说完，两人匆匆朝着光华厅前院奔去。

光华厅　前院

“呼……呼……”易肖单膝跪在遁甲之势内，大口大口喘着粗气，借助主簿的药粉，苦苦支撑，身旁的落叶被荡开数丈，在七人身旁围成一圈，俨然刚经历过大战。

“易少侠，休、生、伤三门以形为主的考验皆以通过，这三门主外，接下来杜、景、开三门更为凶险，考验的是内气流转，这三门主内，少侠体内两股内气已经纠缠不清，还要继续吗？"休门黑衣问道。

一边护法的主薄手心冒汗，脖颈处的衣襟早已湿了大片。

"各位前辈，易肖有言在先，生死有命，存亡在天。不试一下，怎知我易肖能否融入遁甲之列？"易肖笃定道。

"好！接招吧。"杜门黑衣言道，"东南杜门属木，旺于春、相于冬、休于夏、因于四季末、死于秋。其招悱恻缠绵，当用属土混沌招式为饵，属水阴柔招式为引，属金刚劲招式克之！"

随着声音，杜门黑衣柳动身姿、枯木之势袭来，黑袍之下的两只利爪，此刻俨然变为陈腐残枝，力道与速度却丝毫不减。

易肖不敢怠慢，影步瞬间发动，心中盘算，望春影步及针法阴柔属水，百步穿杨配合银针刚劲有力，用来克敌不会有错，只是这属土混沌招式为何？

遁甲兽并非等闲之辈，哪里会给易肖琢磨的时间，片刻残枝已扑面而至，易肖影步侧身意图躲闪，谁料这残枝来势如此凌厉，竟比影步还快了三分，黑衣过处，脸颊被划出三道血痕。

"肖儿，不可大意！"主薄大喝道，"你未曾研习属土武学，不妨借助周遭属土之物！"

主薄只言片语，易肖茅塞顿开，伏牛山间"以石代针"的场面浮现在眼前。顾不得脸颊流淌的鲜血，影步再次发动，这次，易肖主动迎了上去。

黑衣也不言语，调转身姿，挑起利爪也迎了过来。

这黑衣的步法，伏牛山见识过，更不敢小觑，就在两人相距两丈有余时，易肖突然发力，汇聚全身内气，压低身姿，单手撑地，一只脚为圆心，另一只脚画圆般扫了出去。这扫出的腿脚，本就紧贴地面，一时间激起粉尘无数。见周身粉尘四起，易肖向着地面又补了数针，百步穿杨的力道，让浑浊的空气又增加了无数杂尘，两人虽距两丈却无法看清彼此。

黑衣身影不曾停顿，依旧快速袭来，穿越烟尘的一刻，也许是怕这烟尘迷了双眼，也许是忧这浮沉混入口鼻，一只利爪弯曲收回遮挡在面部，仅留一只利爪向着易肖出招。

这短暂的、绝佳的时机被易肖捕获，虽不知自己是如何感知时机的，但凭借本能，易肖站定毫厘间步伐变换，行云流水闪现，先一步来到黑衣身侧，这一侧黑衣的利爪仍挡在面前，腋下至腰间大部空档暴露，又在毫厘间，行云流水戛然而止，影步显现，内气汇于指尖，百步穿杨向着黑衣腋下就击了出去！

黑衣显然没有想到易肖如此之快，抢先了半个身位，待到能够看清彼此的时候，腋下穿杨箭气已来不及躲闪！眼看就要被击中，两人正南，景门黑衣突然大喝一声，"正南，景门，开！"紧接着一道炽热箭气直逼二人正口，欲将二人分开，箭气未到，灼热之感已至，不明情况的易肖再次发动行云流水，强转身体，向后撤去，虽然避开了箭气，却重重地摔倒在一旁！这一摔，全身内气涣散，胸中一闷，一口黑血喷了出来。

"肖儿！"见易肖倒在一旁，主薄慌了神。

"主薄，我……我没事。"易肖捂着肚子，肚脐周围越发疼痛，挣扎地起身，话虽如此，双腿早已不听使唤了。

主薄百感交集，却又爱莫能助。杜门之中，易肖两种武学频繁更迭，加剧了身体负担，加之先前的药粉功效逐渐散去，再这么下去，别说应付遁甲兽，恐怕连性命都不保。

"易少侠，杜门的考验，你通过了。"不知为何，景门黑衣如是说着。

易肖再无气力说话，只挤出笑容回应。

"这遁甲之术，唯杜门最速，欲破主木杜门，须以土为饵，以水为引，以金克之，绝非五行之中金克木这么简单，开合之间，毫厘之内，完全倚仗对内气下意识的控制拿捏和抽动流转。如若思虑过多，往往错过时机殒命其中。"景门黑衣竟露出笑容，"也就是说，在杜门紧迫关头，易少侠重压之下潜能爆发，不经意间已然掌握内气流转的方法了。"

"还有两门，前辈，出招吧！"缓了许久，易肖吐出几字。

这次换景门黑衣沉默，看着易肖不堪的身体，欲言又止。

"前辈，六门遁甲何其凶猛，即使不是真正的厮杀，我一介莽夫入阵断不能顺利，前四门一路闯来，还仰仗各位手下留情和临场指点，但前辈也曾说过，这也许是我易肖唯一活命的机会，如今只剩下景、开二门，我不想就此放弃。"见到景门黑衣不言语，易肖道出心里话。

"也罢。"黑衣叹了叹，道，"景门属火，旺于夏，相于春，休于四季末，囚于秋，死于冬。乃炽烈内气之功法，克制的方法也很简单，须以阴柔内气相拼，但切记，期间不可使用第二种内气，若强行使用，只怕扰了顺气，毁了经脉。也就是说，景门内易少侠只能使用望春阴柔内气。"

"影步配合针法？"主薄开了口，"暂不论肖儿针法是否纯熟，现在的身体驾驭影步简直痴人说梦，稍不留神经脉具碎，况且影步的速度无法跟上遁甲兽，前四门肖儿应有所了解，行云流水又不可使用，老朽不同意！"

"主薄所虑不无道理，景门拼杀，并非要分出高下，而是要制衡，以同等的阴柔内气去对抗炽烈的内气，最终化去两股内气。多一分阴气太盛无法融入遁甲，少一分炽热刚猛可能毙命。易少侠的身体催动影步尚且困难，还要在景门当中拿捏望春内气，实属不易！"

"都不要再说了！"易肖突然愠怒，道，"主薄，如今易散堂风雨飘摇，城主失联，阿离生死未卜，望春阁两位姑娘因我遇袭，就连蓼茗也不知身在何处，耽误上天山寻药不说，倘若清离师太八十一天期限因我而废，这一生将在愧疚中煎熬，我易肖实在不能再等了！"

言罢，来到主薄面前深深作揖，而后步入景门范围。

主薄心有不舍却无法劝阻易肖，只得退至一旁，三指搓揉暗中调制起药粉来。

"易少侠，景门箭气一出，所掠之处灼烈无比，寸草不生，且无法收回，可要当心，看招！"稍加交代，景门黑衣忽然遁去，再抬头时，出现在易肖斜上方，可怖的利爪被灼热内气紧簇，愈发的晃人双眼。

易肖自然不敢怠慢，调息运气，这影步全凭望春内气催发，内气不至影步不现，只是这次无论怎样灌注内力，双腿始终无法挪动，眼看箭气就要击发，易肖慌了神，仓促下竟然不自觉地施展出行云流水！

"糟了！"主薄见状顿感不妙。

余音未散，易肖胸中沉积许久的郁积终于爆发，两股内气纠结缠绕，一并向下半身涌去，双腿经脉具碎，"嗵"的一声，跪在了地上。

然而，景门灼热箭气就要击发！

"前辈且慢！"说时迟那时快，莞尔和掌事奔了过来，"心法，找到了！"

主薄听闻大喜，不远的地方箭气尚未击发，景门黑衣立即收招遁了下来，易肖憋着的气力一下子散尽，躺倒在了地上，众人火速围拢过来。

不明就里的莞尔一脸茫然，不知发生了何事，区区一柱香时间，怎么易大哥就和六门遁甲打了起来，还受了如此重伤。回望掌事，掌事也摇了摇头。

"其他稍后再议，先扶易肖回房疗伤！"主薄匆忙安排，同时使眼色给大家，示意望春阁之事慎言。

"我等在门外守候。"遁甲神兽会意，只有开门黑衣随主薄进屋，其余五人四散而去，隐去了身影。

易肖房内

针刺顺水，易肖冰凉的双腿温暖了许多，主薄掌事在旁低声言语，先前之事各自明了，起身的时候主薄碰了碰掌事的胳膊，示意望春之事不要说漏了嘴，掌事点头。

"肖儿，原来《望春心法》就藏在你母亲的牌位里，一直静静躺在宗祠内。"来到床边，看着稍有气力的易肖说道。

"如今想来，众多诡异之事初露端倪。"易肖虚弱道。

"正是，八卦阵法八人一路尾随，慕土一派重压严守洛阳城，宵禁搜铺，耳目又混入易散堂多年，城南分堂遭掘地三尺，十有八九是在寻这心法总集！"莞尔愤愤道，"可是慕土之流为何要找这总集呢？难道是觊觎望春武学？"

"先不说这些，让我看看心法总集。"易肖道，"从我双腿中了箭气解开禁锢到莞尔宗祠中寻得心法，母亲大人竟能考虑如此周密，着实令人佩服。"

"这也恰恰说明了心法总集的重要。"莞尔说着，将心法递至一笑。

见易肖翻开了心法，众人后退半步回避，莞尔却被易肖拉住，留在了身侧。

这羊皮纸完全展开，两尺有余，一行字写在最初，易肖念道："望春五部心法秘籍除八卦阵法图谱已焚毁外，余下四部皆被我灭失，四部精华抄录于此，汇于总集。盼来日救危难于望春，护武林以平安。幽离。"

"竟是母亲大人亲笔。"

"一笑哥。"莞尔知易肖心绪复杂，一时间不知如何安慰。

"盼来日救望春于危难？"主薄不解，"肖儿，当年你娘尚在之时，望春正逢全盛时期，并没有什么危难，这样的说法的确奇怪。"

所有人都陷入了沉默。

"易少侠，依我所见，时下为你疗伤才最关键，事已至此，唯有亲自探寻方得究竟，幽离师太不管出自什么目的，初衷都是保望春平安，如今心法到了你的手上，你更应该多加研习，早日化去体内郁积，护望春不倒才是。"开门黑衣打破沉默，"在下斗胆询问易少侠，幽离师太手录四部心法是哪四部？"

众人思绪被黑衣拉回，主薄频频点头，易肖看了看身边的莞尔，低头默默地打量起心法总集。

"《清离心经》《望春针法》《八门遁甲图谱》还有《望春毒经》。"易肖缓缓道来。

"如是大幸！如是大幸！望春大幸啊！"不知为何，开门黑衣激动道。

"前辈，何幸之有？"易肖问道。

"《清离心经》可解易少侠体内郁积，化去两股内气相冲之苦；《望春针法》详细记录了本派最高武学探月针；《望春毒经》单另记载倒是我始料未及的，不过这并不影响什么。我要说的是最后这本，《八门遁甲图谱》！"

"前辈请讲。"

"自从八门遁甲去其惊死两门以来，威力大减，两番对抗八卦阵法，我六人实则心有余而力不足，再者八卦阵法重现江湖，少了两门的遁甲无法对其形成震慑，若八卦阵法真的被望春阁别有用心之人利用，望春岂不危矣。没有图谱的指引，要补齐这八门，就要经历六门的生死考验，易少侠想必深有体会，这也是这么多年没有合适人选的原因，但是现在图谱重现，易少侠和莞尔姑娘可依图谱顺利并入八门遁甲，这不是大幸是什么？"

"前辈言之有理，"易肖道，"只是我有言在先，由我先尝试融入遁甲，至于莞尔，还得遵本人意愿。"

"全凭守护使做主！"开门黑衣突然躬身跪拜。

"前辈，你这是为何？我并不是守护使！"

"守护使此言差矣，望春历代规矩，持有《八门遁甲图谱》之人便是神兽守护使！老守护使尚在时，对我等宽仁，视吾辈为兄弟，亡故后，长久不曾有合适人选当此重任，如今望春风雨飘摇，您又是老守护使之子，担此重任最为合适，请以大局计，不要再推辞了。"

"这……"易肖被这突如其来的状况搞得不知所措，只在挠头。

"前辈方才说望春如今风雨飘摇？可是出了大事？"莞尔突然发问。

主薄掌事听声一个机灵，示意易肖切勿多言，赶紧圆场。

"哦，哦。"易肖磕绊道，"莞尔多虑了，神兽的意思是清离师太的事，掌门离世，难道还不算是风雨飘摇吗？"

听了易肖的话，莞尔低下了头，出望春已三十五日了，时之将半，却只行到了洛阳，师姐又被掳走，易大哥又重伤，也不知道还要耽误多久，想到这里不免情绪低沉。

"前辈，易肖同意暂时担当守护使一职，日后如有合适人选，我再退出。"也许是看出了莞尔内心波澜，易肖转移着话题。

"此般甚好，那么还请守护使按照《清离心经》所述，尽快祛除体内郁积。"开门黑衣急切道。

"神兽所言极是，肖儿，就依他们所言吧。"主薄附和。

"不妥！"易肖突然拒绝，令众人错愕，"我娘在世之时常告诫，做事纳物应有善恶的标准，须遵循是非道义，我爹也曾言非己之物勿纳之，我娘藏心法于易散堂自有她的想法与打算，但这心法并非我易散堂之物，我绝不会研读，更不会强留。何况莞尔在此，于情于理心法都应交由莞尔保管。"

"一笑哥，你这是为何，性命攸关，不要和我说笑了！"莞尔劝阻。

"莞尔，我娘毁掉原书抄录心法并藏匿于易散堂一定是有原因的，心法在此多年，我娘也并未研习过，因为她心里清楚，偷学心法乃不义之举，你可懂我之意？"

"即便如此，这么重要之物我岂能留存？我即非掌门，春秋堂堂主也是糜离师太草草任命……"莞尔推辞。

"莞尔姑娘，"主薄插话，"肖儿的话不无道理，但是我也听闻望春掌派清离师太生前是要将堂主之位传授予你的，就不要再推辞了。"

见几人争执不下，开门黑衣走到大家中间，打破僵局，言道："不妨这样，莞尔姑娘代为保存心法，就像你易大哥答应暂时担任守护使一样，待日后时局稳定，大家坐下来另做商议，至于易少侠的伤，历经此番种种，守护使好恶不惩，我等十分钦佩，既然守护使不便研习心法，那么还恳请莞尔姑娘研习，只看《清离心经》中能解守护使重伤的部分，而后由你为守护使疗伤，如此非常时期，也不算偷学心法，你看如何？"

在大家相劝之下，莞尔看着重伤的一笑，一番深思熟虑后，终于下了决心。从易肖手中接过心法总集，面朝大家深鞠一功，言道："莞尔平庸，担此大任心中不安，若诸位前辈不弃，莞尔愿在众人监督之下，代为保管总集，日后寻得朝九，救了先师，再请先师定夺！"

"好！"主薄长舒一口气，一如既往地安排着，"天色渐晚，还请莞尔姑娘速速研习心法，已解肖儿性命之忧。遁甲神兽，烦劳各位最近几日替二人护法，掌事你留在此处，以防不测。老朽这就去配制几味药材，留作后用。"

"是。"众人应着，就要散去。

"不好了，不好了，三叔在洛河石桥上和望春阁门人打起来了！"人影未到，声音先至，是阿弦。

"什么？望春门人？这一定是有什么误会！"莞尔夺门而出，"易大哥，且等我回来。"

主薄、掌事还有遁甲兽不曾反应，莞尔已经没了踪影，掌事、主薄并未交流，二人快步跟了出去。

洛水石桥上

石桥尽头，三叔持剑挡住来人去路，衣衫上多处划烂的口子，缓缓地渗出鲜血，夜渐黑，映着月色，被鲜血浸透的衣衫显得格外刺眼。

石桥的另一尽头，也站着一个人，右手握拳，只有小拇指笔直地挺在哪里，显得突兀异常，这血顺着三寸指甲渐渐滑落，滴答滴答地落在石桥之上。

此刻，莞尔已至，借着一轮皎洁的月光，终于看清三叔对面的人。

"縻离师太？！"莞尔无法相信自己的眼睛。

再看师太左臂扶着的躯体，怎料得这一眼引来无尽悲伤，臂弯中人，不是别人，正是恩师掌派清离！

莞尔两腿一软，瘫坐在桥头。

"师父……"